IMAGO

CARL SPITTELER

Equipe Balão Editorial
Flávia Cristina Yacubian
Guilherme Kroll Domingues
Natália Carrança Tudrey
Victor Borges Malta

«With the support of the Swiss Arts Council Pro Helvetia»
Com o apoio do Swiss Arts Council Pro Helvetia

fundação suíça para a cultura
prohelvetia

Capa de Mateus Acioli e Heitor Yida
Revisão técnica de Edith Nortrut de Almeida

CATALOGAÇÃO NA PUBLICAÇÃO
BIBLIOTECÁRIA: ELIANE LEMOS - CRB: 5866

S761i
Spitteler, Carl, 1845-1924
Imago / Carl Spitteler; tradução Mariana Ribeiro de Souza. 1. ed. – São José do Rio Preto, SP: Balão Editorial, 2016.

264 p.: 16 cm
Tradução de: Imago
ISBN 978-85-63223-39-5

1. Psicanálise - Literatura suíça (Alemão). 2. Novela suíça (Alemão). I. Souza, Mariana Ribeiro de.

CDD: 839.73
CDU: 821.112.2(494)-3

Acompanhe-nos na web!
www.balaoeditorial.com.br
Twitter: @balaoeditorial
Facebook: www.facebook.com/balaoeditorial

Para falar com a gente:
balaoeditorial@balaoeditorial.com.br

I

IMAGO

CARL SPITTELER

Tradução
Mariana Ribeiro de Souza

balão editorial

IMAGO

O RETORNO DO JUIZ

– Esperem para descer! Por favor, esperem até o trem parar!

– Carregador! Carregador!

Bom, essa seria a pátria pela qual o coração tanto ansiara! Ninguém o diria pela aparência do guarda que vaga pelo átrio da estação. Creio inclusive que ele está bocejando. Pátria e bocejos!

– O senhor tem muita bagagem?

Uma estação de trem como outra qualquer; casas rijas, duras e cinzas como em todo lugar; nada do esplendor purpúreo nem do reflexo dourado. Será que antigamente as ruas eram assim tão frias e desertas? Ah, essas nuvens de poeira! E que vento gelado, já no início de setembro! De qualquer forma, Viktor, no meio desta sobriedade de pedra, você está resguardado de uma coisa: das tentações do amor. Ah, nenhum perigo!

O carregador desajeitado, com seu falatório inoportuno, não permitia nenhuma reflexão.

– O senhor me faria uma grande gentileza? – Viktor indagou-lhe. – Por favor, vá devagar, mas realmente devagar ao redor desta coluna e conte exatamente os seus passos. Quantos? Seis? Bom, eu agradeço; e agora se o senhor está de acordo, vamos embora.

Aturdido, o homenzinho ficou boquiaberto de modo que não pronunciou mais nenhuma palavra durante todo o caminho.

Logo após chegarem ao hotel, Viktor solicitou a lista de endereços. Como se chamará hoje em dia aquela infiel com seu sobrenome de casada? Wyss, acho, esposa do diretor Wyss. Mas diretor de quê? Existem os diretores de ferrovia, de banco, de companhia de gás, de cimento, de borracha; todos os tipos de diretores possíveis e impossíveis. Porém comecemos a ler. De fato, ela está aqui; como é natural, cuidadosamente escondida atrás do marido: Treugott Wyss, docente, diretor do museu estatal e da escola de belas-artes, presidente da biblioteca cantonal, membro da comissão do orfanato, rua Münster, número seis.

Ufa, quanta sabedoria! Que monte de dignidade! Estranho, preferiria que fosse um diretor de banco. Mas de fato é um senhor muito erudito. Apesar disso, eu não sei o porquê, nem é culpa minha, mas não posso deixar de imaginar esse honrado e glorioso marido como pequeno, insignificante, um pouco torpe, e, por que não dizer?, ridículo.

Amanhã de manhã, então, rua Münster, número seis. Bela dama, a sua intuição não lhe diz que amanhã o seu juiz se aproxima?

E assim na manhã seguinte, na hora da visita, Viktor se pôs a caminho da rua Münster.

Como reagirá ao me ver? Possivelmente das duas uma. Ou empalidece e sai cambaleando do quarto, ou enrubesce, se recompõe e, diante de mim, me encara de modo insolente. No caso, o meu olhar estará carregado de lembranças, e a obrigarei a baixar o seu diante de mim. Depois me virarei em direção ao maridinho: "Caro senhor, a enigmática pantomima, que a sua esposa e eu acabamos de encenar diante dos seus olhos assombrados, demanda uma explicação. Evidentemente estou disposto a dá-la, mas considero mais cortês ceder a palavra para a sua esposa. Embora ela me tenha como credor, não quero representar o papel de acusador. Sendo assim, deixo que ela mesma lhe conte por que e como é que sou o legítimo proprietário da sua esposa, e o senhor, meu caro, simplesmente meu representante e fiel lugar-tenente graças à minha permissão. Enquanto isso, se desfaça de toda preocupação; depois de tê-lo reconhecido tacitamente como meu lugar-tenente no casamento, sou consciente de ter aceitado a decorosa obrigação de não perturbar, de modo algum, seu casamento, sua paz e sua felicidade. Seu lar é sagrado para mim, e minha evidente obrigação é inclinar-me e desaparecer. Comigo, o senhor, caro diretor, aprenderá a apreciar a virtude da invisibilidade. Seja como for, hoje atravessei o seu umbral pela primeira e última vez; e se apareci hoje, foi só para manifestar à sua honrosa esposa, uma única vez em minha vida, uma só vez e nunca mais, a minha falta de consideração. Ali está a encarnação confessa da culpa. Isso me basta. Caso isso não lhe baste, moro em tal lugar e estou à sua disposição a qualquer momento, de dia até a noite". Assim lhe falarei mais ou menos... Número catorze, passei direto, imerso em meus pensamentos. Então para trás: número doze, dez, agora está mais perto, oito... ou seja, é a próxima casa. Nada mau a casinha. Como é limpa, acolhedora, com as cortinas de rendas brancas e a sacada saliente. Quem notaria de fora a falsidade que aí se esconde? Ouvem-se também um canário e risadas de criança. Uma criança? Como é que pode haver uma criança aí? Será que troquei o número? Não, é exatamente o número seis. Pode ser que várias famílias morem em uma mesma casa.

De repente, quando leu na porta o nome de Wyss, seu coração começou a bater freneticamente, como em uma corrida. "Calma aí dentro!", ordenou. "Ela é que tem que se angustiar, e não eu, seu juiz!"

Tocou a campainha e se apressou em direção à porta, pulando os degraus da escada. Com gestos doces, a criada se desculpou com voz melosa e disse que o senhor diretor e sua esposa haviam saído.

Sua indignação o fez ranger os dentes. Estava preparado para qualquer tipo de recepção, mas não para nenhuma. Ademais, não gostava de modo algum quando alguém a ser visitado não estava em casa. "Saíram!" Como assim sair em plena luz do dia?! Claro que ela tinha direito a isso, contudo não existe apenas o direito, existe também a vergonha.

– Aqui meu cartão, e avise que voltarei hoje às três da tarde.

– É pouco provável que a senhora Wyss esteja em casa hoje à tarde – a criada se atreveu a dizer.

– Ela estará em casa! – disse em tom de ordem, deu meia-volta e partiu.

Que criada maliciosa! Com que veneno acentuara as palavras "senhora Wyss", quase com ironia. Na escada, encontrou o carteiro.

– Um cartão-postal para a senhora Wyss – disse olhando para cima.

Este também! Que gente covarde! Servis! Se me tivesse casado com ela, hoje provavelmente a chamariam pelo meu sobrenome.

Na rua, tirou o relógio do bolso. "Onze e meia. Se me apresso, posso ainda dar um pulo até a casa da senhora Steinbach e depois ir almoçar. Claro que a rua Münster está um pouco distante da Rosental, mas basta andar um pouquinho mais..." E à luz do sol de outono, o doce jardim com os ásteres se iluminou em sua memória. Com passos vigorosos, pôs-se a caminho, sorrindo feliz diante da perspectiva de rever a amiga. E quanto mais o tempo passava, com maior velocidade o desejo o impulsionava. No entanto, diante dos portõezinhos do jardim, vacilou: "Claro que é difícil que esteja em casa, pois quando essa coisa de sair começa, é como uma epidemia". Mas não, um milagre! Um grito de alegria ressoou lá em cima, na janela, e ela se apressou em ir a seu encontro. Faltou pouco para se abraçarem. Ela pegou as mãos dele e o puxou em direção a casa.

– É realmente o senhor?... Agora sente e me conte, antes de mais nada, querido amigo, como está?

– E como vou saber?

Riu alto de puro prazer.

– Reconheço-o nisso. Então, fale, diga alguma coisa, qualquer coisa! Apenas para que eu escute a sua voz! Para que também saiba que é o senhor mesmo em pessoa, e de que não se trata de um belo conto de fadas. Pois na sua pessoa, meu senhor, fantasia e realidade se fundem de tal modo que não me admiraria se o senhor, de repente, voltasse a desaparecer debaixo da minha vista.

– Sua linha argumentativa está um pouco fora do eixo – disse Viktor, brincando –, a senhora não a amarrou tão bem assim. Quer que eu me vire várias vezes para se convencer de que sou eu mesmo em pessoa?

– Não, prefiro que me dê a sua mão outra vez. Assim! Agora sim, seguro o senhor bem firme. Não, esta surpresa! Quando chegou?

– Ontem à noite. Por acaso sabe que quanto mais o tempo passa, fica mais jovem e mais bonita? E... naturalmente sempre vestida com bom gosto!

– *Oh là là!* Não diga mais nada! Uma velha viúva de trinta e três anos! E o senhor... um pouco mais robusto e másculo, me parece, do que há quatro anos. Como diria?... Mais seguro, mais corajoso!

– Até mesmo animado, ativo, ofensivo!

– Que continue assim! Logo, logo, então, pode-se esperar algo grandioso, sublime do senhor? Sabe que conto com isso.

– Ah, meu Deus, no que concerne a isso... – disse, suspirando, e ficou pensativo e preocupado.

– E o senhor pode fazer a cara de preocupação que quiser – ela sorriu –, não terei a mínima compaixão. Dor pela perfeição, preocupação pela vitória!

Nesse momento, ouviam-se as badaladas do meio-dia numa grave canção.

– Sabe do que mais? – disse, aduladora, enquanto ele se levantava. – Venha hoje à tarde para uma xícara de chá, só nós dois.

Viktor já ia aceitando, cheio de alegria, quando se lembrou.

– Infelizmente, tenho outro compromisso – lamentou-se, contrariado.

– Ah, ah, vejam só! Recém-chegado ontem à noite e hoje já tem compromisso? Não se preocupe, não vou me meter nos seus segredos.

De má vontade confessou e o fez justamente porque não se permitia nenhuma covardia, por menor que fosse.

– Não é segredo para ninguém – disse –, muito menos para a senhora. Anunciei minha visita às três da tarde na casa do diretor Wyss.

Ela o encarou, constrangida.

– O quê?! Como assim? O que o senhor vai fazer no templo democrático da virtude? Conhece o diretor?

– Ele não, mas ela sim.

De repente, ela mudou de feição e adotou uma expressão fria.

– Sei, sei – disse, afastando-se. – Há quatro anos que se conheceram fugazmente em uma estância termal nas montanhas. Um ou dois dias, creio.

– Fugazmente! – exclamou, indignado. – Fugazmente? Como pode dizer isso, a senhora que sabe melhor do que ninguém? Um ou dois dias? O que são dias? Por acaso mede-se o valor da vida com um calendário? Penso que existem horas que pesam mais do que trinta anos de normalidade; horas que vivem para sempre, tão certo quanto algumas obras de arte, talvez com mais certeza, pois o artista que as criou é o sagrado espírito universal de qualquer obra da beleza!

– O que, infelizmente, não impede que elas pereçam ou sejam esquecidas.

– Não conheço nenhum esquecimento, não tolero nenhum passado.

– O senhor com a sua fantasia, não, mas outras pessoas, sim, sobretudo se o presente satisfaz todos os seus desejos. Acredita realmente que a senhora Wyss aguarda a sua visita, ou que sentiria a sua falta, caso a visita não ocorresse?

– Não acredito nisso, além do mais não pretendo causar-lhe nenhum prazer com a minha visita.

A senhora Steinbach calou-se por um momento, mas logo em seguida começou a falar como que para si mesma, embora em voz alta e de modo enfático:

– A linda Theuda Neukomm é uma pessoa íntegra, satisfeita no seu casamento feliz. Um marido culto, estimado e respeitável que ela ama e que também é digno do seu amor; uma criança encantadora.(Um bebê verdadeiramente angelical, eu lhe asseguro, vivaz, manhoso, com cachinhos negros como os da mãe, inclusive já está começando a falar... Pode fazer essa cara de indiferença. Para o senhor é indiferente, para a mãe dele não!) Ademais, abençoada com um precioso grupo de amigos e parentes que são a fonte da sua alegria. Em primeiro lugar, sempre seu irmão Kurt, o prodígio, o grande gênio, seu ídolo. – Neste momento, interrompeu sua fala e sorriu um pouco como que para si mesma. – Aliás, acabo de recordar que ela não estará em casa esta tarde, está viajando com o grupo coral.

– Desculpe, mas ela estará em casa!

– Ah, se tem tanta certeza, então me calo! – Logo em seguida, de repente, encarando-o seriamente, disse: – Querido amigo, diga-me sinceramente o que quer da esposa do diretor Wyss?

– Nada! – respondeu, cortando-a com má vontade.

– Tanto melhor, caso contrário teria uma grande decepção. Bem, fica para uma próxima vez. Quando quiser. Sabe que é bem-vindo à minha casa a qualquer momento. – Enquanto o acompanhava até a saída, voltou a dizer com ênfase: – A linda Theuda é uma pessoa íntegra.

Que estranho que tenha repetido essa frase! Será que não acha que por acaso...? Oh, não, caríssima, o noivo da sublime Imago está imunizado contra a senhora Wyss. Então, esse é o seu novo esporte: trazer crianças ao mundo? Por favor, minha prezada senhora, não se deixe perturbar. Gêmeos, trigêmeos, ou até doze crianças ao mesmo tempo, para mim tanto faz, aja como seu eu não estivesse aqui. Mas espere. Minha resposta de que não queria nada dela não foi exata; temos que retificá-la. E, sem delongas, enviou pelo pequeno ascensorista uma notinha à senhora Steinbach: "Querida amiga, uma retificação: não é que eu não queira 'nada' dela, a não ser que ela baixe o olhar diante de mim, isso é o que quero dela. Seu fiel Viktor".

No salão, os hóspedes entediavam-se andando ao longo das paredes de um extremo a outro da sala, quer fitando fixamente lá fora através da janela, quer contemplando, distraídos, os quadros até que a hora do almoço chegasse.

Viktor deteve-se diante do retrato de um estadista enquadrado em preto (naturalmente o nome era ilegível). Um rosto vigoroso com traços fortes e marcantes, como se fosse o modelo de uma xilogravura. Altruísmo e resolução na expressão, ardente atitude convincente, olhos encarando uma assembleia, mas sem olhá-la, não acostumados a enfrentar alguém olho no olho, senão a deslizar irrelevante pela multidão. Foi capaz de soletrar a máxima essencial daquele homem: "Tudo pela escola pública". Sim, o cavalheiro empolado se parecia com isso. O mundo concebido como uma instituição de ensino. Finalidade da vida: aprender, depois ensinar. Nenhuma verdade sem o gosto da erudição nem o cheiro da advertência. A desgraça que teria semeado com seu lambri de convicções, se o destino o tivesse colocado no comando da história universal em lugar de uma inofensiva urna eleitoral!

Enquanto Viktor observava o estadista com tanta perspicácia, sem que se desse conta postara-se junto a outro hóspede, que também contemplava o quadro.

– Não é mesmo um retrato magnífico? – opinou o desconhecido com admiração.

Outros hóspedes se aproximaram, como moscas ao redor de um pedaço de açúcar, e outra respeitosa opinião emergiu do grupo:

– Um retrato magnífico!

O homem do retrato deve ter sido um cavalheiro importante e estimado pelo povo, pois a conversa sobre ele prosseguiu mesmo muito depois de todos terem se sentado à mesa. Casualmente, seu nome foi mencionado: Neukomm. Espere, escutou? Neukomm? O sobrenome dela também era esse. Será talvez um parente afastado?

– Deixou filhos? – alguém perguntou.

– Dois – foi a resposta –, um filho e uma filha. O filho não deu em nada, escreve versos; a filha, pelo contrário, se casou com o famoso diretor Wyss. Uma mulher excepcional, eu afirmo; todos se viram na sua direção quando passa na rua. Alta, orgulhosa, morena como uma sulista (sua avó era italiana) e ardente, com que diabos! De resto, honesta e discreta da cabeça aos pés. Ninguém pode dizer nada dela. E uma patriota confessa, como seu falecido pai.

O retrato do pai! Oh, minha razão, acorde e mova-se, pois a partir de agora se segue um monte de observações importantes. E sua razão, movendo-se indolente, levantou um pouco a cabeça e logo a deixou cair indiferente, como um cão de guarda que dorme na rua enquanto o leiteiro passa. "O assunto é muito estúpido para mim", esclareceu sua razão.

Depois do almoço, Viktor perguntou ao chefe dos camareiros onde poderia ler os jornais.

– É melhor ir ao Café Scherz, perto da estação de trem, qualquer criança saberá indicar-lhe o caminho.

No salão cheio, Viktor ainda conseguiu encontrar uma mesinha perto da janela com dois lugares desocupados. Pessoas entravam e saíam, todos olhavam ao redor, mas ninguém se sentou à sua frente. "Como em todos os lugares! Está claro, Viktor, você não tem nada de atraente nem é tampouco 'acolhedor'. Um feliz pensamento: e se meu fiel lugar-tenente estivesse sentado no meio dessa gente? Por que não? Provavelmente, também se permite ler jornais. Talvez alguém como aquele ali detrás com mechas loiras lisas e óculos com lente dupla no rosto de cordeiro? Não é precisamente um Adonis, isso não se poderia afirmar nem com a melhor das intenções, nem parece ter mais inteligência do que é indispensável para ser um professor. Lugar-tenente, lugar-tenente, se posso dar um conselho, não confie muito na sua erudição, pois, em uma manhã cinzenta, sua bela Juno, da qual tanto se vangloria, batizará você como o 'Doutor Tédio'. De fato, de acordo com as leis da decência, alguém deveria aproximar-se dele e mexer com ele um pouco. Ah, se estivesse seguro de que fosse o homem! Bem, logo saberemos. São duas e dez, ainda faltam cinquenta minutos. Como o tempo passa devagar! Hum, que homem imponente aparece agora! Uau, um herói de sonhos femininos. Alguém em quem 'se apoiar', a quem 'agarrar-se', um 'esteio para toda a vida'! Se soubesse cantar, cantaria: 'Ele, o mais magnífico de todos!'. E também tem cachos como Júpiter! A quem esse amoroso Hércules lembra? É claro, ao Rei de Copas! Chorem, donzelas! Vejam a aliança de casamento! E inclusive já é pai, pois só aquele que conhece o sentimento da paternidade pode caminhar assim, satisfeito com o mundo. Com que cuidado ele dobra o sobretudo! E essa roupa delicada e imaculada que agora se mostra! E o que está acontecendo?! Tudo indica realmente que ele caminha na minha direção. Bem-vindo, oh, o mais magnífico de todos!"

O Rei de Copas se sentou após uma reverência cortês e retirou a charuteira do bolso.

– O senhor me permite que lhe ofereça um?

Viktor retorquiu, agradecido:

– Não fumo.

"Mas que charuteira tão artisticamente bordada, você viu? Certamente foi a mulher dele que a fez."

Enquanto dizia "me permite?", o Rei de Copas pegou uma revista e a folheou displicente, quase compassivo, ao mesmo tempo em que tamborilava sobre a mesa. Que unhas bem cuidadas! O Rei de Copas, no entanto, não parecia interessar-se muito pela leitura, antes pela conversa. Era evidente que apreciara o almoço.

– O senhor, como forasteiro – começou a conversar com voz vacilante, uma vez que os sons guturais ao redor lhe pareceram soar mais fortes –, provavelmente não terá uma opinião favorável do nosso tosco dialeto.

– Forasteiro não – corrigiu-lhe Viktor, negando brevemente –, nasci e cresci aqui, apenas passei muitos anos fora.

– Ah, tanto melhor! Sendo assim, tenho o prazer de saudar um conterrâneo.

Depois voltou a esconder-se atrás da revista, sorrindo furtivamente para si mesmo. "Ele saboreia a felicidade conjugal assim como a barra de alcaçuz", pensou Viktor.

Quando a barra de alcaçuz acabou, o Rei de Copas apontou para um retrato de Werther que havia na revista.

– O que o senhor acha? – começou após uma breve hesitação. – O senhor acredita que, hoje em dia, um amor tão apaixonado e tão romântico ainda poderia manifestar-se?

– A natureza sempre se manifesta – retrucou Viktor.

O Rei de Copas sorriu, complacente.

– Nada mal! Tudo depende de quão amplo ou estreito se concebe o conceito de natureza. Ou seja, o senhor realmente acredita que em nossa época realista...

– Não há épocas realistas.

– Se o senhor prefere assim, que seja. De qualquer modo, e isso, sim, o senhor deve admitir, existem determinadas épocas diferentes entre si. Por exemplo, aquelas em que simplesmente seriam impensáveis certos estados de alma, que antes eram observados. Ou o senhor poderia imaginar, por exemplo, um João Batista ou um São Francisco de Assis ou, para continuar com o nosso tema, um Werther dentro de um colarinho de camisa? Desculpe-me, disse isso sem a menor mordacidade. Por favor, rogo-lhe, acredite em mim, disse tudo isso sem malícia alguma.

Viktor o tranquilizou, sorrindo.

– Não tenho pretensão ao título de um Batista ou de um santo, mas duvido que a aparição do Espírito Santo dependa de se comer gafanhotos, ou o êxtase, do colarinho de uma camisa. Ademais, se não me engano, o autor do *Werther* tratava de vestir-se graciosamente, inclusive com alguma afetação.

E como então uma pausa mais longa se fizera, Viktor teve uma ideia, que não queria mais sair da sua cabeça.

– Por acaso, o senhor conhece... – atreveu-se finalmente a perguntar de repente, com voz aflita – ... talvez, por acaso, o senhor conhece aqui na cidade um tal de senhor Wyss? – Logo após pronunciar a frase, sentiu que enrubescia de modo abrasador.

O Rei de Copas ergueu a vista, surpreso.

– Certamente, por quê?

– Que tipo de pessoa é? Quero dizer, que aspecto tem? Alto ou baixo? Jovem ou velho? Chato ou agradável? De qualquer modo, um cavalheiro muito culto, não é mesmo? Isso se deduz a partir dos seus títulos e cargos.

O Rei de Copas fez cara de esperto e sorriu, divertindo-se consigo mesmo.

– Bem, tem diversos defeitos, como todo mundo, mas, ao lado deles, devo ressaltar, talvez também tenha uma ou outra virtude suportável. Por favor, permita-me que me apresente: sou o diretor Wyss.

Disse isso com uma ironia tão amável e graciosa que Viktor, grande apreciador da delicadeza dos sentimentos, levantou-se inesperadamente de um salto, cheio de simpatia, e estendeu a mão, que o outro apertou com entusiasmo. Surgiu como que um pacto de amizade entre ambos.

Após Viktor haver anunciado seu nome, o diretor exclamou com alegria:

– Então é o senhor o cavalheiro que quis nos dar a honra da sua visita hoje pela manhã. Lamentamos sinceramente, sobretudo minha esposa, com quem o senhor, se não me engano, teve contato uma vez em um balneário à beira-mar.

– Não foi em um balneário à beira-mar – corrigiu-lhe Viktor, mal-humorado –, mas em uma estância termal nas montanhas.

– Infelizmente, esta tarde, ela também terá que renunciar a esse prazer, pois já havia combinado uma excursão com as senhoras do grupo coral. Venho agora mesmo da estação de trem. Espero que isso não o desanime, e, se não for uma impertinência, gostaria de propor-lhe que viesse à Idealia. Não há necessidade de nenhuma formalidade, o senhor se apresenta simplesmente em meu nome. Ademais, minha esposa é presidente de honra.

– Idealia?

– Ah, me esqueci, como sou distraído... Naturalmente, o senhor não tem ideia do que se trata.

Depois disso, começou a falar em detalhes sobre a Idealia. Era uma fundação do seu falecido sogro – reuniões despretensiosas, sem obrigação, nem festividade, sem traje pomposo, nem banquete –, unicamente voltada para o fomento de uma vida social plena de conteúdo, onde a elevação espiritual vá *pari passu* ao repouso (um não exclui o outro), sendo que a música é o mais recomendável para tal propósito etc. Disse ainda muitas outras coisas do gênero, enumerando nomes dos membros e datas das reuniões e como estas transcorriam, geralmente, às quartas, sextas e domingos.

Viktor permaneceu atento a toda conversa, mas, na sua mente, desviou a atenção dos ouvidos para os olhos. Este o lugar-tenente! O Rei de Copas! O mais magnífico de todos! E ele que tomara o Adonis por um lugar-tenente! Por que achara que o lugar-tenente tinha que ser um homem ridículo ou, pelo menos, desajeitado? Ora, ora, o Rei de Copas não tem nada de ridículo. Absolutamente nada! E o encarou fixamente, perplexo, quase assustado. Bem, alegre-se, Viktor! Sacie o seu orgulho com o fato de o lugar-tenente ter uma boa aparência. Também me parece absolutamente normal que ela o ame, ou, por acaso, em algum momento desejei outra coisa? Deus me livre, pelo contrário, eu me preocuparia se não fosse assim. Mas e ela? Essa provocação! Sair por aí com o grupo coral, depois de ter anunciado minha visita! Sem discussão, a dama não tem a menor vergonha.

– Talvez o senhor também seja uma pessoa musical? – A voz do lugar-tenente ressoou em seus pensamentos. – Ou, pelo menos, gosta de música?

– Acho que sim, ou seja, não sei com certeza, depende.

Nesse instante, soaram as badaladas do relógio da igreja.

– São três horas! – disse, assustado, o lugar-tenente, levantando-se de um salto. – Passei da hora conversando, preciso ir imediatamente para o museu. Então, posso contar com a sua presença na próxima reunião da Idealia? – Estendeu-lhe a mão apressadamente e saiu de lá correndo.

Viktor, ao contrário, percorreu as ruas, transtornado. Embora procurasse repetir para si mesmo o tempo todo: "Viktor, alegre-se". Isso não serviu de nada, estava derrotado, abatido, desanimado.

O que de tão ruim lhe ocorrera? Nada, por menor que fosse, e, apesar disso, estava abatido. Cansou-se, então, de andar no entorno da cidade. Voltou para casa. Ao esticar as pernas e os braços, sentiu-se mais aliviado. "Saúde", seu corpo lhe desejou.

– Obrigado, Konrad – replicou amavelmente. Como se dava tão bem com o seu corpo, acostumara-se a chamá-lo carinhosamente de Konrad.

Depois de se esticar até sentir-se satisfeito, notou que sobre a mesa havia uma carta, a qual, segundo as leis da natureza, se encontrava ali provavelmente há um bom tempo. Era da senhora Steinbach.

"Oh, senhor perverso! A senhora Wyss não precisa baixar os olhos diante de ninguém. Venha ver-me logo para que eu o repreenda."

Sereno, mas com vontade de brigar, Viktor obedeceu ao chamado.

– Não imaginava que o senhor pudesse ser um homem tão desagradável! – disse ela imediatamente. – Aí, sente-se no banco dos réus e deixe-se interrogar. Que acusação o senhor tem contra a senhora Wyss?

– Adultério.

– O que significa isso traduzido em linguagem racional?

– Isso quer dizer em linguagem racional (aliás, uma tradução não é necessária) que ela rompeu o casamento.

– Agora, então, meu caro senhor, tenho que lhe falar de modo sério e preciso, pois se trata da honra de uma mulher íntegra. Apelo para a sua sinceridade, na qual confio firmemente, e pergunto à sua consciência: existia um noivado entre o senhor e Theuda Neukomm?

Ele negou veementemente.

– No que a senhora está pensando?

– Ou, pelos menos, algo que se assemelhava a um noivado, algo que justifique a suposição... Uma declaração de amor? Uma palavra ou um sinal? Um beijo? Sei lá...

De novo, Viktor protestou com vivacidade:

– Não, não, não! A senhora está indo pelo caminho errado. Apenas trocamos algumas poucas palavras sem nenhuma importância. Estava sentado à mesa perto dela, demos juntos algumas voltas pelo jardim, em seguida, no salão, ela cantou uma canção para mim. Nada mais.

– Cartas, então?

– Que nada! Para isso, eu era muito respeitoso e também muito consciencioso. Ela, por sua vez, muito cuidadosa. As mulheres não se comprometem por escrito, isso a senhora sabe muito bem.

– E então o quê? Por favor, ajude minha pobre razão.

De repente, o rosto de Viktor adquiriu uma expressão estranha e muito séria, como se estivesse vendo um fantasma.

– Um encontro pessoal naquela cidade distante – disse com voz trêmula.

– Perdoe-me, se simplesmente lhe contradigo, mas a senhora Wyss me contou o contrário, e ela não mente.

– Eu tampouco! Quando digo "um encontro pessoal", claro que não me refiro a um encontro físico.

Involuntariamente, a senhora Steinbach empurrou a cadeira para trás e olhou-o fixamente.

– Nenhum encontro físico? Espero que não se refira... Ou como devo entendê-lo?

– A senhora entende perfeitamente. Trata-se de um encontro entre almas. Tranquilize-se, estou em pleno domínio das minhas faculdades mentais e percebo o mundo exterior tão normalmente quanto qualquer outra pessoa. Por que a senhora faz essa cara de descrente? Será que a senhora acredita que se veja da janela de uma casa mobiliada com menos clareza do que da de uma casa vazia? Se falo em aparição...

– O senhor acredita em aparições? – retorquiu, lamentando-se.

– Como qualquer pessoa, como a senhora, por exemplo. Ou um sonho, uma lembrança, a reminiscência luminosa de um semblante amado, o brilho repentino de uma revelação na alma de um artista não são aparições?

– Por favor, nada de acrobacias sofisticadas! Falemos seriamente. Porque temos consciência de que se trata de mera fantasia em uma lembrança, em uma revelação artística.

– Permaneço ciente disso.

– Deus seja louvado, que bem o senhor me faz, finalmente respiro. Por um momento, o senhor se expressou de tal modo que acreditei que quisesse que suas ações e sua vida real se limitassem à influência determinante por parte da tal aparição.

– Isso o faço, com efeito.

– Não, o senhor não o faz! – exclamou em tom proibitivo. – Isso o senhor não pode fazer!

Ele fez uma reverência e disse:

– Perdoe-me, se me permito fazê-lo.

– Mas isso é loucura! – ela soltou um grito.

Ele sorriu.

– Mas, por favor, o que é loucura? Por que valorizo da mesma forma tanto as experiências internas quanto as externas? Ou melhor, por que as valorizo infinitamente mais? Ou por que me deixo determinar por elas? E a consciência? E Deus? Por acaso também é loucura deixar que os atos de alguém sejam influenciados pela consciência ou por Deus?

Ela vacilou um momento, desconcertada, sem saber o que responder. Ele, porém, continuou:

– A única diferença é que os demais se contentam com aparições imprecisas, enquanto eu preciso vê-las com clareza, como o pintor vê a ascensão da Virgem. "O dedo de Deus", "o olho de Deus", "a voz da natureza", "o sinal do destino"... o que faço com todo esse museu anatômico? Quero sempre ver o rosto inteiro.

Desalentada, suspirou:

– Em pensamentos sofisticados, o senhor é cem vezes superior a meu débil cérebro feminino. Sendo assim, não vou entrar nessa seara. Posso apenas lamentar e sentir pena.

Ele pôs, então, a mão sobre o ombro dela.

– Nobre amiga, não é verdade que a senhora nunca compreendeu por que não dei atenção ao bom sinal que a senhora me fez para me noivar com Theuda? Confesse: a senhora achou e acha que teria desperdiçado tolamente minha felicidade por pura covardia diante do matrimônio? Veja, a senhora concorda.

– Digamos indecisão – respondeu brandamente.

– Não, digamos covardia, pois a indecisão é também uma covardia: covardia da vontade. Mas já não suporto mais que, ao me julgar, a senhora continue a me ver dentro de um contexto incorreto. Por isso, vou expor-lhe as minhas razões. Está disposta a ouvir?

– Estou disposta a tudo – sussurrou, inclinando a cabeça –, embora não queira ocultar-lhe que este assunto me é penoso e que não acho proveitoso relembrar histórias antigas. Agora, se é o seu desejo...

– Não, não é desejo – ele corrigiu –, é a minha obrigação. – E com a voz alterada, em um tom mais elevado, recomeçou: – Não, não foi nem por indecisão covarde nem por loucura tola que não aproveitei o momento, quando a suprema felicidade se aproximou de mim com seus passos suaves, observando-me com seus olhos claros e sussurrando: "Toma-me!". Mas, sim, sabendo o que eu fazia, valorizando o que recusava. Depois de uma reflexão madura, me decidi com firme resolução. E agora vou contar-lhe o instante da minha decisão.

Após dizer essas palavras, fez uma pausa como que para tomar fôlego. Mas como a pausa se prolongava, a senhora Steinbach ergueu a vista. Lá estava ele, tremendo diante dela, abalado por tempestades internas, apertando os lábios com força.

– Não vou conseguir contar-lhe – disse com grande esforço –, fico profundamente tocado. – E apoiou-se no piano.

Ela se levantou de um salto para segurá-lo, caso fosse necessário. Mas, logo, ele já havia se recomposto.

– Tomei a decisão correta! – exclamou. – Sei que tomei a decisão correta! E se tivesse que tomá-la outra vez, decidiria do mesmo jeito! – Pegou seu chapéu, fez uma reverência e beijou-lhe a mão. – Vou escrever-lhe.

Profundamente comovida, ela o acompanhou até a porta.

– Bom – disse apenas por dizer, forçando a voz a adquirir um tom normal –, bom, escreva-me. O senhor sabe que tudo o que o move me toca bastante. E acredite que, embora não o tenha compreendido sempre e tampouco agora, jamais duvidei, nem sequer por um momento, da pureza e da nobreza dos seus motivos.

– Obrigado, fiel e nobre amiga! – exclamou apaixonadamente, segurando as mãos dela tempestuosamente. – A senhora me conforta. É uma dor tão grande, tão insuportável, quando alguém duvida da nobreza do meu caráter...

– Quem fez isso? – perguntou com força, quase com fúria.

Ele ficou surpreso.

– Todo mundo – respondeu, hesitante –, quero dizer, ninguém em especial.

Enquanto isso, ela soltara suas mãos e subira alguns degraus como que fugindo.

– E só mais uma coisa: o senhor não é injusto, não é mesmo? O senhor não fará mal a ela.

Ele riu.

– Não faço mal a ninguém, se fizer é só a mim mesmo. – E, dizendo isso, deixou a casa.

– Que homem perigoso, que homem indesejado! – disse suspirando e, esgotada, jogou-se na poltrona para se recuperar do cansaço.

Ele, entretanto, correu para o quarto para escrever a confissão que, oralmente, não conseguira fazer para a senhora Steinbach. De maneira geral, escrever o repugnava tanto quanto um sapo. Contudo, desta vez, após ter remoído as lembranças durante o interrogatório, sentiu um desejo voraz de fixar por escrito o momento decisivo da sua vida, para que o sublime segredo adquirisse forma fora dele, independente da sua memória, como firme verdade.

Rangendo os dentes e espumando contra a imposição das prosaicas leis do pensamento, de um fôlego só e com pressa febril escreveu:

À senhora Martha Steinbach,

Diante da maldição e da vergonha da prosa desnuda, posto que ela profana, eu assim conto e profano:

Minha hora

Sua carta com o retrato de Theuda chegara pela manhã. Aquela carta em que a senhora me dava a entender que uma palavra clara da minha parte era esperada e que, certamente, haveria uma resposta amável a esta palavra. Acrescentava, ainda, que uma hesitação maior seria interpretada como renúncia. Entendi. Era uma advertência, reforçada por um alerta. Compreendi que este dia era sério, era o dia da decisão. Contemplei o retrato. Milhares de belas qualidades saltaram a meus olhos: a pureza de uma linda donzela, magnífica pela beleza, virtude e educação, a lembrança das horas passadas juntos, embora vazias de acontecimentos, mas cheias de poesia (denomino essas horas de parúsia[1]), o olhar íntimo daqueles olhos plenos de alma que me diziam "em você reside a minha esperança", a promessa de infinitas felicidades para aquele que soubesse conquistá-las. Abaixo do retrato se podia ler em letras invisíveis: "Este é o prêmio maior", e as palavras da sua carta sussurravam: "O prêmio é seu".

Enquanto os afazeres do dia ocupavam os meus sentidos, mantive oculto o retrato, saboreando-o de vez em quando às

1 | Segundo a teologia cristã, parúsia significa a chegada de Cristo no fim dos tempos. Por sua vez, de acordo com a filosofia platônica, significa a presença, a imanência das ideias no mundo da experiência. (N. da T.)

escondidas, como que para mergulhar no maravilhoso enigma daqueles olhos profundos ou experimentar o inesgotável milagre da beleza feminina. Assim, furtivamente alimentava o coração com o adorado retrato.

No entanto, mais tarde, já quase de noite, enquanto permanecia sentado no quarto escuro, coloquei o retrato sobre a mesa diante de mim, olhando-o com devoção, embora, na escuridão, não conseguisse vê-lo. Através do silêncio da casa ampla, onde todas as portas estavam abertas, ressoavam sons melodiosos: o suave arrulho de um casal de rolinhas chegava pela sala de jantar escura e, desde mais longe, desde a sala iluminada por um lustre, o trinado de um canário, desses que cantam com luz artificial.

Ali estava eu sentado, pesando meu destino. Dois sopros vindos de regiões opostas do globo me arrepiaram, mas, no meio deles, uma pergunta ameaçadora surgiu: "Será que você é capaz? Consegue comparar a grandeza à felicidade?". Triste, escutava a pergunta, vislumbrando a possível resposta negativa, senão a pergunta não teria surgido. Mas meu coração, sentindo o perigo, começou a bradar: "Onde está a sua grandeza, que quer me oferecer em sacrifício? Mostre-a, demonstre a força da sua obra! Grandeza futura? Ah, quem garante que viverá o futuro? Existem doenças, existe a morte. Ou acaso pensa poder livrar-se dos castigos da natureza? Mas supondo que continue vivendo, de onde tiraria a história da carochinha da sua futura grandeza? Por favor, diga, de onde? Da sua autoestima? Oh, que lástima! Que piada! Não me leve a mal, me deixe rir. Contam-se aos milhares os jovens que, dando-se importância, sonham com feitos gloriosos e, com uma autoestima assim tão elevada, se inflam como o globo terrestre. E, mais tarde, o que acontece com eles? Olha: uns desgraçados inúteis, uns zeros à esquerda, cheios de amargura e de descontentamento consigo mesmos. Ou por acaso acredita que a sua autoestima é de melhor quilate? Por quê? De onde? Por que é maior? Tanto pior, tanto mais certo de que é um pobre-diabo! Delírios de grandeza, meu caro! Os delírios vulgares de grandeza de qualquer menino de escola alemã! Só que os outros, mais modestos, menos teimosos do que você, costumam abandonar essa verborragia juvenil ao prestar o exame final[2]. Viktor, lhe digo, aquilo que chama de 'vocação' ao lado da sua futura grandeza imaginada nada mais é do que vento e vão anseio. Contudo, o precioso presente que hoje o bondoso destino lhe oferece é felicidade real e duradoura. Se deixar escapar a felicidade do seu amor, a felicidade da sua vida em nome do efêmero fogo da vaidade, será exposto ao ridículo e a um arrependimento infernal para o resto da vida. Nem haverá compai-

2 | Exame de conclusão do curso universitário. (N. da T.)

xão, se acabar miseravelmente, mas, no lugar da desejada fama póstuma, haverá sobre a sua tumba o seguinte epitáfio: 'Aqui uma bolha estourou'".

Pela primeira vez na vida, conheci a dúvida. Inseguro, retruquei: "Oh, meu coração, você sabe muito bem que minha profissão, minha fé, minha consciência não saem de mim mesmo, mas..." "Mas de quem?", perguntou o coração em tom zombeteiro. "Cala-se, hein? Sente vergonha perante a inteligência para expressar a sua loucura com palavras claras? Porque, embora não confesse, sente no mais profundo do seu ser que está cultivando uma idolatria infantil, adorando, em lugar de um Deus bom, eminente, criador do mundo, a um fantasma sem corpo, criado por você, um reflexo diáfano da sua própria alma que expulsa do seu interior mediante uns truquezinhos fantásticos, com a ingênua esperança de empoleirar-se sobre você mesmo como Münchhausen[3] sobre a trança. Nem sequer se atreve a confessar o nome do seu ídolo sem enrubescer. Quem é essa misteriosa 'dona da sua vida', 'a Rigorosa Senhora', a quem serve com fanática entrega como um profeta a seu Javé? Dir-lhe-ei quem é a sua 'Rigorosa Senhora'! Todo

3 | Uma das histórias relatadas por Gottfried August Bürger (1747-1794) na sua obra sobre o Barão de Münchhausen de 1786 intitulada *Wunderbare Reisen zu Wasser und Land* [Maravilhosas viagens sobre água e terra]. (N. da T.)

estudante a conhece. Para todo charlatão, todo mau poeta, todo padeiro, ela é a musa, a lembrança caduca, a tia velha e sem graça das alegorias, a madrinha da falta de vida, a patrona da incapacidade. E eu vou deixar que um louco como você me venda uma doutrina empoeirada, recolhida ao longo do caminho?! Por causa dessa velharia de sala de aula atreve-se a vender minha felicidade por uma ninharia? O que o enraivece, o que o irrita? Que chame a 'Rigorosa Senhora' simplesmente de musa?... Se ao menos fosse uma musa!... Mas nem isso ela é! Porque uma musa ensina, pelo menos, a um estudante de segundo grau a rimar dois versos, bem ou mal. Consegue fazer isso? E que mais sabe, fedelho de trinta anos? Absolutamente nada, nem mesmo escrever uma frase correta em uma folha de papel. Foi um zero à esquerda, é um zero à esquerda, um zero à esquerda permanecerá, mais ou menos como os demais, só que um número menos importante ainda. Mas os demais se conformam e podem, em recompensa, ser felizes assim. Conforme-se e também poderá!"

Nessa aflição busquei refúgio na dona da minha vida, na Rigorosa Senhora: "Olhe, eu, débil criatura, estou sendo instigado por meu coração, ameaça-me com o arrependimento, nega a sua sagrada origem, insulta-a como uma musa qualquer. Por isso, escute: eu que lhe entreguei sem protestos todo o meu coração, para que o estrangulasse, exijo hoje, antes de trazer-

-lhe o último e mais penoso sacrifício, um sinal de que não é um reflexo ilusório, e, sim, uma garantia de que tem poder e força para ser capaz de conduzir-me ao meu objetivo. Dê-me a garantia, conceda-me o sinal e obedecerei. Se não, não exige de uma débil criatura que mude a sua doce e feliz alegria por um sussurro sem nenhuma assinatura".

A rigorosa resposta chegou: "Não concedo nem garantias nem sinais. Se quiser servir-me, sirva-me cegamente até o final!".

"Então, dê-me ao menos uma ordem clara. Ordene que eu renuncie e renunciarei! Somente dê-me uma ordem clara e livre-me da dúvida."

A rigorosa resposta chegou: "Nego-me a dar uma ordem. A dúvida é sua, sua é a escolha! Pois escolher corretamente diante da encruzilhada do destino é o que confirma a grandeza, mas, pense bem, pois se escolher mal, sua recompensa é a minha maldição!".

À esquerda, o arrependimento, à direita, a maldição! Minhas dúvidas observavam, preocupadas, o fielzinho da perversa balança. Então, algo brotou no mais profundo da minha alma medrosa, e, na aflição do presente, a lembrança foi crescendo até a hora solene em que percebi, pela primeira vez, a respiração sussurrante da Rigorosa Senhora e contemplei as imagens plenas de conteúdo da sua lenda sobrenatural:

a exigência da criatura doente, que, na figura do leão, sobe o vale terrestre pelo precipício, assustando o povo celestial e afugentando o Criador das soberbas salas do seu magnífico palácio — e tudo o mais que acontecia ao leão no reino dos céus. Voltei a ver essa hora, e a melancolia fortaleceu a fé. "Que seja! Pois, então, aceite também este último e maior sacrifício. Sendo assim, permanecerei como mendigo sobre a Terra. Nada será meu, exceto você e a promessa sussurrante do seu alento." Falei gritando e, com o ânimo entristecido, intimei a vontade a tomar a decisão de renunciar.

Meu coração, então, deu um último salto desesperado: "E ela, que confia em você e o espera? Também quer sacrificá-la? Sua humanidade pode, é capaz de fazê-lo? A sua consciência permite isso?". Receoso desatrelei minha vontade. Mas o coração continuou fervorosamente: "O que ela sentirá? O que pensará de você? Que juízo fará de você, se a menosprezar? Vai considerá-lo um homem fraco e vacilante e também um louco ingênuo, incapaz de reconhecer o valor dela. Pensará isso de você, e, pensando assim, vai desprezá-lo".

Que ideia insuportável! Eu podia fazer o sacrifício, mas não suportar a interpretação ultrajante da vítima, nem o seu desprezo por mim. Já não sabia mais o que fazer, pois, esgotado, o meu espírito cansado se negava a conceber o pensamento mais conciliador.

A aparição, então, surgiu. Ela mesma apareceu, Theuda, sua alma. Igual quando me aparecera fisicamente na parúsia, porém, agora mais madura, mais séria, com olhos perscrutadores, tal como me olhavam no novo retrato. Saiu da escuridão da sala de jantar, de onde as rolinhas arrulhavam, permaneceu de pé no umbral, recriminando-me, e contemplou-me com olhos tristes.

"Por que me desvaloriza?", perguntou.

"Eu! Desvalorizá-la?", gritei. "Ah, se soubesse..."

"Sim, você me desvaloriza", ela continuou, "ao achar que sou capaz de uma atitude tão mesquinha de querer intrometer-me entre você e a sua nobre profissão. Então, por acaso pensa que apenas você pode ter grandes sentimentos? Que apenas você seria suficientemente nobre para sacrificar o que o seu coração exige? Acaso pensa que não sinto também o alento da sua Rigorosa Senhora? Não poderia ser digna da honrosa distinção de ser transformada em símbolo pelo capitão escolhido por ela? Por acaso não compreenderia e não sentiria que será infinitamente mais honrado e afortunado ser sua fiel companheira no ousado caminho da fama do que sua ocupada esposa e mãe dos seus filhos? Venha, deixe que depositemos juntos aos pés da Rigorosa Senhora os desejos dos nossos corações, firmando, perante o seu semblante, uma aliança mais nobre do que a usual união dos sexos diante do altar dos homens, a aliança da beleza com a grandeza! Quero ser sua fé, seu amor e seu consolo, e você deve ser meu orgulho e minha fama, glorificar-me, a mim, criatura deplorável e efêmera, em símbolo, e salvar-me para a imortalidade". Assim ela falou, e eu, cheio de alegria jubilosa, agradeci a nobreza daquela grandeza.

Depois disso, agimos como combinado. Depositamos os desejos dos nossos corações a nossos pés. Em seguida, retirei a coroa de noiva da sua cabeça, e ela me retirou o anel do dedo, e os colocamos juntos. E quando estávamos ali, vazios e desnudos, como duas árvores desfolhadas, sem outro adorno senão a grandeza da alma, exclamei: "Dona da minha vida, minha Rigorosa Senhora, você conseguiu! Olhe aqui, o sacrifício exigido se cumpriu!".

Percebeu-se o seu alento, e minha amada, que caía de joelhos diante da sua assustadora sombra, enterrou, tremendo, seu rosto em minhas mãos.

"Bom para você, oh, meu fiel capitão", começou a dizer a Rigorosa Senhora, "você decidiu corretamente. Por isso, eis minha bênção como recompensa. Esta é minha bênção: agora está marcado com a emoção e selado com a grandeza, agraciado perante todos os que passam os dias se arrastando sem o negro selo do meu chamado. Ordeno-lhe que tenha autoestima, que não se abandone no engano nem na loucura, nem na ignomínia nem no desprezo, e proíbo-lhe que seja infeliz em qualquer hora da vida. Pois, a partir de agora, não é mais você que sentirá dentro de si mesmo. Sentirá a mim em você, ou seja, se não se sentir elevado, ofenderá a mim. Mas quem é essa, ajoelhada ao seu lado?"

"É a minha nobre amiga, a sua fiel servidora que, igual a mim, lhe trouxe como sacrifício os desejos do coração. Aceite-a como aceitou a mim."

"Levante-se", ordenou-lhe a Rigorosa Senhora, "e mostre-me seu semblante. Seu rosto é bonito e sincero. Está bem, aceito-a, mas não como servidora, senão como filha. Incline a cabeça, oh, minha filha, para que a batize!"

Então, minha amiga inclinou a cabeça, e minha dona a batizou com o nome de Imago.

"E agora", concluiu a Rigorosa Senhora, "deem-se as mãos para que bendiga sua união". Depois de darmos as mãos, a Rigorosa Senhora pronunciou a bênção: "Em nome do espírito, que é mais elevado do que a ordem da natureza, em nome da eternidade, que é mais sagrada do que a efêmera lei dos homens, declaro-os unidos como marido e mulher para toda a vida, inseparáveis nas alegrias e nas tristezas, para que vivam com a alma um ao lado do outro em permanente união. Você será sua fama e esplendor, e ela será sua felicidade e doçura". Dito isso, a Rigorosa Senhora desapareceu, e voltamos a ficar a sós.

"Foi muito difícil o sacrifício para você?", perguntou Imago, sorrindo.

Respondi, exultante: "Oh, coroação da minha vida, oh, esbanjamento de graça!".

Logo em seguida, Imago despediu-se: "Agora está cansado, e tenho um longo caminho à frente, mas amanhã voltarei, pois sempre estaremos juntos, todos os dias, em união eterna".

Após tais palavras, separamo-nos com alegria e nobreza. Mas permaneci ainda um longo tempo parado diante da escrivaninha escura escutando o pesado eco do acontecimento, pois era como se o rumor de um oceano atravessasse o meu espírito e um canto solene me cercasse como depois de um culto religioso.

Na manhã seguinte, tal como nos havia sido anunciado, começou de verdade a nossa convivência permanente. Uma união alada, um jubiloso duo cantado por uma única voz de vitória. Mas a sua voz ressoava mais alta do que a minha, de modo que, frequentemente, parava para escutar o seu canto. Quando, ao seu lado, galopava pelas colinas da Terra em direção ao reino da minha Rigorosa Senhora, o qual é mais puro do que o reino da realidade e mais real do que o reino dos sonhos, ou seja, a realidade está para ele assim como o animal para o homem, e o sonho assim como o aroma para a flor, um reino que se estende até os campos das lembranças e dos anseios, nesse momento, disse Imago, jubilosa: "Oh, querido, a que mundos novos e distantes me leva por este caminho? Meu olhar surpreso os chama de estrangeiro, mas o meu coração afortunado os saúda como 'pátria'". E povos bondosos, mais amáveis que os povos dos homens, nos recebiam fraternalmente nos portões dos vales.

Quando, de vez em quando, descansava e levantava a vista, suspirando em meio às preocupações do trabalho, durante o qual Imago escondia a sua presença com humildade, o seu devotado olhar me encontrava e respondia: "Quanto o orgulho de saber que sou amada por uma pessoa assim me faz feliz". Quando saía com ela para o mundo exterior, após ter adquirido o justo direito ao descanso, brincava com ela como se fosse uma esposa de carne e osso, chamando-a por apelidos tolos e carinhosos, colocando à mesa prato e talher, como se estivesse sentada fisicamente ao meu lado, então Imago ria, divertindo-se: "Que crianças somos! Mas como consegue o milagre de fazer-me rir tão alegremente como nunca antes fui capaz?".

Com isso, tornei-me mais generoso e amável, de modo que as pessoas falavam comigo admiradas: "Que agradável, quão graciosamente você mudou". Tal como uma árvore em um campo ensolarado, cuja copa pode desabrochar em todas as direções e todos os frutos amadurecem.

E assim continuou, uma felicidade infinita, para além do tempo e do espaço, até o dia em que o focinho da traição se meteu no meio da doce alegria, como um javali entre cortinas. O anúncio impresso do seu noivado com um estranho, sem uma palavra de amizade, sem um sinal de lembrança: nada mais do que a evidência crua. Tudo um mudo atrevimento!

Com desprezo, joguei o papelote para o canto. Nem a menor dor, simplesmente a indignação com a traição, misturada ao luto por revelar-se a impensada mesquinharia. Algo assim, como se alguém estivesse tocando uma linda peça ao piano com o coração inebriado e, de repente, aparecesse um sapo em lugar das notas. Sendo assim, é humanamente possível que uma mulher, a quem o destino concedeu a graça de respirar o ar da eternidade como companheira de amor de um ser predestinado, prefira atravessar o pântano da família com o primeiro barbudinho que apareça à frente. Perplexo, contemplei o admirável fenômeno da mesquinharia, como antes na infância contemplava um caranguejo. "Como se pode ser um caranguejo?", exclamei então. Hoje exclamo: "Como alguém não pode aspirar à grandeza?".

E por sua infame queda, a minha linda felicidade deve apodrecer miseravelmente? De repente, comecei a rir alto dos carnavais e dos contos de fadas! Tudo isso você só projetara poeticamente em seu interior: a hora crucial do compromisso, sua majestade, sua grandeza, a nobreza da alma, seu amor, sua amizade. Imago não é a única que vive em você, mas a humana e física Theuda é diferente, uma estranha, de nome X, e, com certeza, um passarinho insignificante, como esses que arrulham aos bandos em qualquer cidade. Tornei a levantar o indecente cartão e o cheirei. Sem dúvida, era claro, cheirava à vulgaridade. Igual às outras: estava decidida a casar-se custe o que custar. (Provavelmente após uma desilusão amorosa... Nas mulheres, o caminho para o altar passa, na maioria das vezes, pelo sepultamento do coração.) Importunada por um bando de odiosos pretendentes, vê em mim, no desconhecido recém-chegado, um redentor, acredita-me aceitável, creio, não será minha, tanto pior, por isso escolhe outro, o que há de se fazer! Isso costuma ocorrer comumente, assim ocorreu também com ela, a muito trivial. Fora com ela! Senhorita X, seu nome é "indisponível". Como prova disso, olha o que faço com você. Isto faço com você! Rasguei o cartão e o joguei em pedacinhos na lixeira. E agora vamos fazer o mesmo com a sua linda mascarazinha de mentirosa. Retirei o retrato para fazê-lo em pedaços também. Mas, como despedida, quis antes contemplá-lo mais uma vez. Pena que estes olhos profundos e melancólicos enganam: toda a nobreza desta beleza primaveril nada mais é do que gordura de juventude! Então, o retrato começou a chorar amargamente: "Não, eu não minto", disse, lamuriando, "porque quando esta imagem então me refletia, minha alma estava realmente sedenta de grandeza. Estes olhos, que o encaram, buscavam, naquele tempo, a você, ser sua era meu desejo, ser sua era a minha esperança. Outra, posterior a mim, com cuja forma de agir não tenho nenhuma afinidade, foi a que o traiu. Mas não por vil caráter, senão meramente por fraqueza e mesquinharia. E, quem sabe, talvez depois, em algum momento, chegue a hora em que reflita, se lembre, se envergonhe da queda e volte para você, expiando o pecado no meu rosto para não olhar o mundo ignominiosamente com a sua beleza estragada, como um anjo caído".

Senti, nesse instante, misericórdia pelo retrato e o ergui com devoção, como a imagem de uma morta. Mas a outra, a nova, a infiel, despojei-a do querido nome de Theuda e, a partir de então, denominei-a de Pseuda, que significa "a falsa".

Essa noite quando, como de costume, saí para dar um passeio a cavalo (subentende-se um cavalo de verdade, de carne e osso), ouvi que alguém cavalgava atrás de mim. Já sabia quem era, pois a esperava. "Imago", adverti-a, "por que cavalga atrás de mim? Por que não vem do meu lado?"

Ela respondeu: "Porque agora não sou digna de você, porque tenho as feições de uma infiel".

Eu disse: "Imago, minha noiva, você não tem as feições dela, senão que ela carrega falsamente as suas. Sendo assim, venha do meu lado, abençoado seja o seu semblante".

Cavalgou, então, ao meu lado, ocultando, no entanto, o rosto entre as mãos. Mas afastei suavemente suas mãos do seu rosto. "Olhe, como é bela e sublime e cheia de vida! Olhe-me livremente, despreocupada com o original indigno, assim como não me preocupo com ele."

Olhou-me, agora, abertamente, agradecendo-me com os olhos, e começamos a cantar como antes. E sua voz soava ainda mais bonita, apenas em um tom mais melancólico, como quando um inocente sofre, de modo que alguém poderia compadecer-se dela até as lágrimas. Contudo, de repente, no meio da canção, ela parou, apertou os lábios em um grito sufocado, como um anjo moribundo, e cambaleou na sela. "Oh, pobre de mim!", lamentou-se. "Alguém me deu um golpe terrível, estou doente, e a minha voz não vibra mais. Por isso, afaste-se de mim, Viktor, e busque para si uma Imago nova. Uma que seja saudável e forte e que tenha um rosto íntegro, para alegrá-lo e cantar para você, para ser sua doçura e merecida recompensa."

Exclamei: "Imago, minha adorada, ninguém se afasta da noiva por causa de uma doença. Pois selei uma aliança consigo perante o alento da minha Rigorosa Senhora, ou seja, o seu semblante é para mim o símbolo de tudo o que há de mais nobre e elevado. Então, escute o que vou dizer: justamente porque está doente e triste, o meu amor é muito maior do que antes, quando estava ao meu lado em meio a alegrias e felicidade".

Ela contestou: "Oh, pobre Viktor, afaste-se de mim! Pois, a partir de agora, não posso prometer-lhe nada mais do que sofrimentos para o seu coração".

Repliquei: "Pois faça o meu coração sofrer, Imago, minha nobre noiva. Mas eu não me afastarei de você".

Renovei, então, a aliança com a Imago doente. E tudo era como antes, apenas a sua voz emudecera, e os seus olhos tinham um olhar cheio de dor.

E assim é até o dia de hoje. Ela é a minha noiva, e eu não a renunciarei. Para mim, é maior consolo que todas as riquezas do mundo, embora esteja muda e doente. Ah! Coragem, obstinação e liberdade! Minha é a Rigorosa Senhora, minha é Imago. Aquela para minha obra, minha profissão, minha grandeza, esta para meu doce amor, o resto é lixo. Rio das mulheres terrenas. São como um trago no caminho: saboreado, agradecido e esquecido. Vejo várias delas, loiras e morenas. Oh, que delícia as loiras; oh, que luxúria as morenas! Mas não distingo nomes. Apenas um permaneceu comigo: Pseuda, de nome X, a pequena, a infiel que entristeceu Theuda e magoou Imago. Não quero vingança! Só quero uma coisa sua como compensação: voltar a vê-la uma vez mais, apenas uma única vez, para saber como uma mulher infiel levanta o olhar para o dia límpido e como ela o baixa diante de mim. É o meu justo direito e que seja o seu merecido castigo. Chega! Que viva bem no pântano, que Deus abençoe o seu casamento.

Com isso termino, e como terminei, coloco o ponto final.

Seu fiel,

Viktor.

Na mesma noite, ele colocou a confissão pessoalmente na caixa de correio da senhora Steinbach. Já na manhã seguinte, no correio das onze, recebeu a seguinte resposta da amiga:

Prezado amigo! Li, com a merecida devoção, sua surpreendente confissão, cujo envio lhe agradeço, sobretudo pela prova de confiança em mim. Sendo assim, antes de tratar do conteúdo, permita-me primeiro eliminar algo perturbador, que faz arder a língua, e por isso vou dizê-lo o quanto antes. Não pode ser sério da sua parte acreditar que uma mulher seja comprometida por um fato do qual nada sabe, tampouco nada pode saber, um fato que só ocorreu na sua fantasia: em suma, através apenas de um compromisso sonhado. Meu caro, não faça isso, não pode fazê-lo, porque seria tão irracional quanto indecente. A senhora Wyss não merece, querido amigo, o horrível nome de Pseuda, pois se existe sobre a Terra uma mulher que seja sincera e aberta, esta é ela. E o senhor queria obrigá-la à grandeza? Não sei se as mulheres são capazes de atos grandiosos (temos outras qualidades), mas supondo que fôssemos, quem é *obrigado* a ser grande? Oh, quão lastimável seria a humanidade se a grandeza fosse uma obrigação! A senhora Wyss, como qualquer outra, como eu, como todas nós, foi educada para ser a companheira fiel de um homem honrado e cumpre esta função da melhor maneira possível, para a sua paz, para a felicidade dos seus próximos e o deleite dos demais. Em toda a cidade, não conheço uma esposa mais virtuosa, mais fiel e mais altruísta, nem uma mãe melhor. Por isso, tenho que protestar de novo contra alguém que exigiria dela baixar o olhar. Ela não precisa fazer isso, aliás, não o fará, não duvide. Vamos admitir que talvez qualquer outra mulher tivesse sentido o encanto da parúsia, claro que deveria ser uma mulher de qualidades raras e teria que o ter amado com todas as forças do coração. Mas ela, infelizmente, não sentiu a parúsia, nem era a sua obrigação senti-la. Dito isso de antemão, retomo do princípio.

Sim, li a confissão com verdadeira devoção, comovida e confusa, assustada e exaltada. Não possuo o devido dom da razão objetiva, nem a medida necessária da falta de compreensão para excitar-me pela extraordinária mistura entre fantasia e realidade. Se bem que... Que coisas são essas? "Imago", "Theuda", "Pseuda" (vou poupar-lhe a senhorita X), três pessoas em um só rosto! Uma não existe, a outra está morta, a terceira está "indisponível", e a que não existe está doente! *Tomara que o seu coração não arrebente!* Simplesmente falta-me ar, não sei bem se por temor ou por respeito. O senhor é (perdoe-me, sei que o senhor odeia o nome, mas não posso chamá-lo de rabino), o senhor é, embora continue opondo-se tanto a isso, um poeta. Mas se o senhor prefere denominar-se visionário ou profeta... Li o seu cântico de louvor a Imago com alegre assombro, como se ouve a uma obra-prima de poesia, mas estou profundamente convencida também de que o demônio interior que o possui, chame-o como quiser, "Imago" ou "Rigorosa Senhora" ou como lhe aprouver (ele deve ser certamente um parente próximo do gênio), é de origem sagrada. Pois de uma coisa tenho certeza: quando um homem adulto, de inteligência tão superior e compreensivo como o senhor, sacrifica a felicidade a um ser, este não é fogo-fátuo. Em resumo, acredito na sua "Rigorosa Senhora" e também no senhor, meu querido amigo, na sua obra, na sua futura grandeza, que até agora tinha esperado e suposto. Acredito tanto nela que o seu relato me encheria de pura felicidade, como a vivência diante de uma obra de arte imortal, não fosse amiga sua, se não me sentisse obrigada por meu envolvimento afetivo a pensar também na sua graça ou na sua desgraça humana. Mas o temor me assalta ao pensar o quanto o senhor sofrerá quando o seu lindo mundo de fantasia (perdoe a uma mulher a expressão romanesca) se deparar com a dura realidade (ah, sinto muito, mas não encontro outra palavra), e apenas me espanta o fato de que o golpe cruel não tenha ocorrido há muito tempo. No exterior, o senhor deve ter vivido entre raras pessoas de alma delicada e terna que lhe permitiram sonhar sem impedimentos nem castigos com um mundo ideal, e tanto mais no meio do burburinho da cidade grande! Com certeza, não me engano se digo que era uma mulher, sem dúvida uma mulher generosa de qualidades extraordinárias, cuja preocupação vigiava o seu caminho. Não teria considerado possível uma permanente felicidade de fantasia entre os homens, se a descrição não me tivesse comprovado.

Admiro a força de vontade, a precisão com qual o senhor, sob a orientação da "Rigorosa Senhora", encontra o caminho através da mais intricada mata fechada, mas, desculpe, em meio a tudo isso existe um erro. O senhor está aqui e não deveria estar. (Será que me compreende? Não estou pensando precisamente em mim, mas no senhor.) Permita-me que não me deixe enganar pelas artimanhas do seu coração: o que o senhor quer é simplesmente voltar a ver a senhora Wyss. E por que o senhor quer revê-la? Porque não consegue esquecê-la. É lamentável, gostaria de desejar-lhe que conseguisse fazê-lo, pois rever algo do qual nos desprendemos *definitivamente* (repare que sublinho a palavra "definitivamente") apenas causa uma dor desnecessária aos olhos. Mas certamente não é o papel de uma mulher criticá-lo por isso, pois não é possível dar ordens ao coração. Quem saberia disso melhor do que nós? Apenas gostaria de protegê-lo das cruéis decepções que as vãs esperanças podem atrair. Aceita um conselho bem-intencionado da sua velha amiga? Claro que não servirá de nada, mas, apesar de tudo, devo fazê-lo, porque não poderia perdoar-me de não tê-lo feito: não volte a vê-la, abandone tão rápido quanto possível esse terreno perigoso e continue cantando com Imago o magnífico dueto, mas a distância segura. Imago melhorará com o tempo e voltará a encontrar a sua voz, isso não me preocupa. Para o senhor, ao contrário, já não haverá nada mais aqui do que discórdia. Preste atenção no que digo, pois conheço a senhora Wyss (de certo modo, foi minha aluna, embora só de passagem, e durante algum tempo honrou-me com a sua confiança), preste atenção no que digo: todos os compartimentos do seu coração estão ocupados. Será mesmo que é amor o que senhor procura nela? Para isso, o senhor é muito escrupuloso. Não obterá a amizade, pois o senhor chega tarde demais para uma amizade de concertos e de reuniões caseiras e cedo demais para uma amizade de almas, tal como a define. Ela é muito jovem, muito suave, muito feliz para isso. E não confie nas qualidades espirituais! Ela não reza pela mesma cartilha. Quem não sentiu o suspiro da parúsia, tampouco perceberá o alento da "Rigorosa Senhora" nem o passo do leão titânico. Digo isso sem reduzir o mínimo que seja o valor da dama, o qual tenho em tanta alta estima que cheguei a acreditar que ela fosse ideal para ser a sua esposa. Mas mesmo que ainda a considerasse digna de sê-lo, justamente por isso não acho que seja capaz de ser sua amiga. Ambas demandam qualidades totalmente distintas. Sendo assim, repito: abandone esse terreno perigoso, pois me parece que o senhor é forte o bastante para querer cometer grandes bobagens, para o desconforto de alguns e para a sua própria amarga decepção.

Com isso, salvei minha alma. Agora faça o que quiser, ou melhor, o que tenha que fazer, pois o destino já sabe o que está reservado para o senhor. Eu, criatura fraca, só posso desejar-lhe toda sorte de realizações pelo caminho e que o senhor não precise pagar com feridas muito profundas pelo elevado objetivo de vida, que com certeza alcançará. De maneira que espero não voltar a vê-lo. E saudações da minha parte à sua esplêndida Imago.

Aproveito o ensejo para apresentar-lhe os meus elevados votos de amizade e admiração,

Martha Steinbach.

PS: E tome cuidado para que as mulheres de carne e osso não façam troça do senhor.

– Não servirá de nada? – repetiu Viktor após ler a carta. – Por que não servirá de nada? Nisso se distingue o homem da mula, quando aceita um conselho inteligente. Querida amiga, a senhora tem mesmo razão. O que faço aqui? O que me importa essa daminha casada e estragada? Chega! Acabou! Está decidido! Será assim: quero evitá-la, quero ir embora. Isso significa, é claro, tão logo me tenha despedido devidamente dos meus velhos amigos e colegas de escola. Pois embora já queira evitar a dama, fugir dela, não quero, no entanto, fugir angustiado, como um jovenzinho cristão diante da tentação. Não tenho razão para isso. Mas se o destino quiser que me encontre, por acaso, com ela, pior para ela.

E no fundo da sua alma formigava um leve desejo acanhado e torto de que o destino assim o quisesse.

Todos os seus antigos colegas de escola tinham alcançado uma posição confortável no Estado! Um catedrático, outro capitão do Estado-Maior, o terceiro fabricante de tubos de gás, outro guarda-florestal do cantão, e coisas similares. Além disso, a maioria tranquilamente casados, gordos e contentes; todos, sem exceção, úteis e estimados por toda gente. Ele, ao contrário, com trinta e quatro anos!, sem profissão nem posição, sem nome nem lar, sem méritos nem obras, nada! E as cruéis mordidas que lhe davam, quando lhe recordavam as riquezas perdidas de seus dons naturais! "Continua desenhando tão bem quanto antes?" "E como vai a música?" Ah!, seus pobres talentos! Definhados, consumidos a serviço da Rigorosa Senhora! E para quê? Para uma mudança no futuro... Sempre e sempre só o futuro, nunca o presente! Parecia-lhe que logo seria hora de, por fim, esse futuro chegar aos trinta e quatro anos!

– Viktor, você ainda lembra – perguntou-lhe Vital, o tenente da polícia – do nosso bondoso professor de alemão, o Fritzli? Atualmente fala-se muito dele nos jornais, por causa de seus livros. Ah, Deus tenha misericórdia dele, pouco isso serve ao pobre-diabo, velho e doente como está!

Viktor era muito agradecido a Fritzli desde os anos escolares, pois este, certa vez, o salvara de ser expulso da escola em uma reunião dos professores... "Por mau comportamento", isso queria dizer sublevação. Seu coração lhe dizia que devia procurá-lo.

Viktor o encontrou contorcido sobre a cama, gemendo, uma criatura arrasada.

Com grande esforço, o doente encarava o visitante com olhar indiferente, cheio de dor. Mas, pouco a pouco e durante um bom tempo, começou a olhar Viktor atentamente, buscando as suas feições, aliás, sem hostilidade, simplesmente fascinado e surpreso, quase como um biólogo que observa uma rara lagarta. Enquanto Viktor expressava agradecimento, balbuciando as palavras, pois era um mau orador, Fritzli não o escutou, apenas continuou a ler o seu rosto. Por fim, começou, melancólico:

– Então o senhor também! Não sei se devo felicitá-lo ou lamentar. Como disse que se chama? Deve-se aprender a pronunciar o nome. – Dito isso, em voz alta e com expressiva entonação, presenteou-lhe com uma sentença enigmática: – Não os velhos que não o creem, não os contemporâneos que não sofrem disso, não as mulheres que perseguem o êxito, mas apenas única e exclusivamente os homens eleitos de uma geração posterior. Vá, caro amigo, seu lugar não é ao lado do cadáver de um velho repugnante, o senhor tem muitos problemas com que lidar, tomara que passem logo. Aliás, obrigado por ter vindo, foi um grande consolo para mim. Já lhe disse: apenas os homens eleitos de uma geração mais jovem. Agora vá, vá, eu lhe peço.

E quando Viktor quis repetir a visita, não foi mais recebido.

Até agora não encontrara Pseuda em nenhum lugar, e apenas restava-lhe uma missão a cumprir: senhora Keller, a esposa do conselheiro do governo. Depois, podia partir... "Digamos segunda-feira, no mais tardar na terça-feira." Já tinha se anunciado duas vezes, mas não a encontrara em casa. Agora tentava pela terceira vez e de novo não estava em casa. Parece destino! "Bom, então vou embora na segunda." Aí recebeu da esposa do conselheiro do governo um convite por escrito para o chá da quarta-feira seguinte à tarde. "Quarta à tarde tenho a Idealia, o senhor encontrará algumas pessoas interessantes, e, provavelmente, haverá inclusive música."

– Inclusive música – ele repetiu –, música como atração principal! Pessoas interessantes. Idealia!

O programa não tinha nada de convidativo, e ele tivera a intenção de partir, no mais tardar, na terça. Por outro lado, não queria dar uma resposta negativa àquela estimada dama, a quem tanto tinha que agradecer no passado.

"Que seja! O que tenho a perder?" E aceitou, ainda que de má vontade.

A esposa do conselheiro do governo o recebeu com a antiga cordialidade, embora um pouco evasiva e distraída.

– Estamos esperando Kurt – disse radiante de alegria, com voz abafada, como se o esconderijo de um ovo de Páscoa lhe fosse revelado.

Kurt? Onde escutara este nome?

A senhora Keller disse em tom exaltado que não era possível Viktor não conhecer Kurt! No entanto, era perdoável em alguém recém-chegado do exterior. E começou a elogiar Kurt como só uma mulher é capaz de fazer quando julga com o coração. Todas as virtudes e dons imagináveis! Um broche que alinhavava tudo brilhava no meio do colar de pérolas de sete voltas.

– Em suma: um gênio! Um gênio e tanto...

Além disso, de uma modéstia verdadeiramente comovedora... E delicado! E amável! Assim por diante. Viktor sorriu. Continuava a ser a mesma esposa do conselheiro do governo de sempre, em qualquer ocasião o mesmo tom elevado, quando gostava de alguém. Naturalmente, então, adivinhou que ele não seria aqui mais do que uma parte da ralé para o maravilhoso Kurt, o que o desgostou um pouco, de maneira que quase se arrependeu de ter ido.

Com tom alterado, similar a uma cantora de ópera que começa um recitativo, acrescentou de modo desleixado:

– A irmã dele também está aqui. Acho que o senhor já a viu uma vez, a senhora Wyss.

Ah, finalmente! Com um profundo suspiro preparou a sua vingança. "Que não haja nenhuma confusão! Bem distintas: nem Imago, nem sequer Theuda, senão simplesmente Pseuda, a traidora! E você, que está aí dentro, controle o seu pulsar." Armado, então, ele entrou.

De fato, era verdade! Ali a falsa estava sentada! Inclinada sobre uma partitura, no esplendor da sua beleza roubada, a beleza de Theuda, plena da poesia das lembranças traídas. Mas como se parecia com Imago! É possível? Diante daquela visão, o seu sangue atingiu a velocidade de um gato em disparada, e um ruído bramia nos seus ouvidos, como se um despertador, caído da mesinha de cabeceira no chão, ressoasse seu alarme monotonamente. "Todos os espíritos sensatos venham em meu auxílio!", rezou, angustiado. Mas onde estão? Nenhum espírito sensato apareceu.

Às cegas, superou as apresentações, cumpriu as reverências. Como ela o cumprimentaria? Veja, o olhar dela o toca de leve! Um olhar indiferente, como se fosse um estranho. Ela se levanta muito pouco para manter a formalidade e logo volta a olhar de forma descontraída para a partitura.

"Isso é tudo?", perguntou-se, estarrecido.

Não, isso não era tudo. Tinha diante dela uma travessa cheia de chantili, que acariciou com olhos de ternura, observando depois timidamente ao redor para saber se ninguém a via, e se serviu, envergonhada, de meia colherzinha. Finalmente, com mais ousadia, duas, três bem cheias.

Que acolhida ele tivera! Ela: vergonha e indignação! Cheio de raiva, ele perfurava o semblante dela com olhares condenadores. Até que a razão o puxou pela manga: "Viktor, se por acaso imagina que ela está notando essas sublimes caretas, engana-se". Então parou de fazê-las e ficou olhando para ela fixamente, confuso, perturbado como se estivesse em uma mesa de operação, aguardando o que viria em segundo lugar: uma tesoura ou um bisturi.

Enquanto estava sentado ali, aturdido, o barulho das conversas penetrou nos seus ouvidos contra a sua vontade. Eram fragmentos sem pé nem cabeça. "As ruas protestantes são mais bem cuidadas do que as católicas." "No terceiro ato, o herói inocente é considerado culpado." "Kurt também esteve aí?" "O gênio sempre abre caminho." "Kurt teve um bom dia?"

O que será que ela vai dizer primeiro? Com o tom cheio de vida da sua voz tão querida e sagrada de então? Esperou um longo tempo em vão. Mas pare, silêncio! Agora ela está escutando a conversa. Franze as sobrancelhas, os olhos negros relampejam, abre a boca:

– Ah, mas o que dizem? – exclamou. – Todas as pessoas bem-educadas têm um quê de falsas!

Isso chegou de um modo tão imprevisto que ele teve que rir alto.

Ela, então, girou a cabeça lentamente na direção dele e dirigiu-lhe um olhar de soslaio. "Pelo que me concerne", disse o olhar, "estou farta de você!" Enquanto desviava a cabeça, ainda concedeu-lhe por via mental algumas frases adicionais em letra minúscula, que ele era capaz de ler com maior nitidez do que teria gostado. "Caro senhor, o que quer de mim? Por que faz gestos tão sérios, tão cheios de recordação? Se, por acaso, alguma coisa daquela época o corrói, pior para o senhor. Queixe-se consigo mesmo, mas deixe-me em paz, por favor, do contrário, cuidado! Hoje o que importa é o presente, amanhã, o futuro. Meu marido e meu filho são tudo, e o senhor é nada para mim."

Não foi nem um bisturi nem uma tesoura, foi uma terrível serra. E a dor e a raiva se precipitaram ao mesmo tempo contra a sua postura, defendida com tanto esforço. "Como ela se atreve! Com que penduricalhos vulgares do seu casamento inútil (marido, filhos e demais utensílios domésticos) pretende apagar o imortal retrato da parúsia?"

E de novo os fragmentos da conversa ressoaram nos seus ouvidos. Da esquerda: "O senhor acredita realmente que Kurt virá?", "Já são quatro horas! Acabou, não vem mais, outra vez!", "Pois eu afirmo: ele vem". Da direita: "Cortesãos lascivos", "A entediante vida familiar das grandes cidades", "A conversa pseudointelectual do denominado mundo elegante", "Cerimonial cortesão e ridículo nos palácios dos poderosos". Parecia-lhe que nunca ouvira tanta besteira nos últimos dez anos quanto nesses quinze minutos. Uma má vontade se juntava cada vez mais à sua vergonha. Por que ninguém se preocupa comigo? Por quanto tempo vou permanecer sozinho sentado na cadeira como Robinson à beira do penhasco?

De repente, um estremecimento de alegria tomou conta da reunião, acompanhado de murmúrios e gritos abafados de júbilo, como se um desfile festivo se aproximasse. Enquanto ele, com espírito indolente (afinal o que lhe importava o seu meio?), procurava a causa da sua felicidade repentina, um indivíduo irrompeu pela sala sem saudações nem apresentações, passando de raspão por Viktor, sem desculpar-se. Sem mais nem menos, sentou-se ao piano e abriu uma partitura (será que vai tocar?). E, realmente, Deus me livre, começa a cantar no meio da reunião, sem convite nem permissão, como um bêbado na taberna. Em questão de segundos, Viktor colocou-se ao seu lado, fechou a partitura e se jogou aos seus pés, fazendo com que o intruso deixasse a sala sem dizer uma palavra. Tudo aconteceu tão rápido, como a entrada e a saída de um morcego pela janela.

– Quem era aquele indivíduo? – perguntou Viktor, divertindo-se, para a senhora Keller, pensando que receberia um agradecimento por tê-lo tirado dali com tanta presteza.

Mas veja só: confusão e rebelião por toda parte, consternação em todos os rostos.

– Não é um indivíduo – bradou Pseuda com o rosto enrubescido de raiva, disparando rápido fogo inimigo dos olhos faiscantes.

A senhora Keller respondeu com lágrimas nos olhos, recriminando-o, dizendo psiu ao ouvido:

– Era o irmão dela, Kurt!

Então, Viktor inclinou-se com reverência irônica diante de Pseuda.

– Estimada senhora, meus mais sinceros e profundos pêsames!

– Pêsames não são necessários! – disse em tom imperativo. – Tenho e posso ter orgulho do meu irmão! Dizendo isso, deixou ruidosamente a sala, e todos começaram a sair.

– Ah, meu lindo sarau musical! – lamentou-se, desconsolada, a senhora Keller. E quando Viktor se desculpava oportunamente, afirmando que de modo algum poderia supor que um homem tão mal-educado adentre uma reunião sem saudações nem apresentações e dê cotoveladas nos presentes, foi interrompido por ela.

– Mestre de cerimônias! – afirmou, exasperada. – Trata-se de um ser original, um gênio! – exclamou, saindo dali completamente transtornada.

O guarda-florestal Lehmann, colega de escola de Viktor, bateu sobre seu ombro, sorrindo.

– Viktor, Viktor, foi uma gafe horrível!

– Desculpe, caro amigo, não foi um engano, foi um castigo.

– Chame-o como quiser, de qualquer modo você estragou tudo com a senhora Wyss para sempre.

– Veremos! – insistiu Viktor, destemido.

Lá fora, na rua, pareceu-lhe que saíra de uma peça burlesca. Era, então, o tão elogiado Kurt! "Delicado, amável, modesto!" Será que as palavras em língua alemã têm aqui outro significado do que no resto da Terra? Esse, um gênio? Sim, um dos dez mil gênios que não chegam a lugar nenhum, desses que cada família tem um na dispensa, admirado por uma irmã que o idolatra, adornado com uma coroa por primas derretidas. Mas em que buraco havia caído! Que conversas! Lugares-comuns já podres que ninguém mais se atreve a tocar em nenhuma outra parte do mundo com um palito, opiniões monstruosas, dignas de serem conservadas em álcool. "Cerimonial cortesão e ridículo nos palácios dos poderosos!" Provavelmente acreditam que no "palácio dos poderosos" tudo acontece de modo tão solene como na inauguração de uma exposição de animais reprodutores. Cortesãos lascivos! Mas o que é que entenderiam por cortesão? Supostamente alguém afeito a intrigas, formado pelo Estado, que anda rondando o trono de manhã até a noite como um mau ator, o ponto. "A entediante vida de família das grandes cidades!" De certo, porque não batem nos filhos! "A conversa pseudointelectual do denominado mundo elegante!" De qualquer modo, não se fala do "culpado inocente". No entanto, no que concerne ao horizonte intelectual, ela mesma não parece ter um especial... Bem, nada estranho em uma corja assim! Com um retrato como pai e um gênio como irmão! "Todas as pessoas bem-educadas têm um quê de falsas..." De que pote democrático ela bebeu esta frase miserável? Mas pronunciara-a de uma maneira tão bonitinha, segura e consciente que a aplaudiriam, como uma data em um exame. "A batalha de Salamina?" "Eu sei", diz triunfantemente levantando o dedo em riste. Quer que eu lhe diga, Viktor, o que ela é? Uma criança imatura, amadurecida rapidamente para casar-se, com a boneca ainda nos braços e, sem dar-se conta, um bebê no colo. Ela o considera, então, como um boneco com quem praticar. Viu com que paixão saboreou o chantili? Por pouco (pena que não seja bem-visto pelos adultos) ela não passou a mão sobre a barriga como um palhaço no circo. Mas estava bonita! Quase alguém se sentiria tentado a dar uma nota melhor ao Criador por causa dela, provavelmente mais bonita do que antes, na parúsia. Não perdera nada, tinha inclusive melhorado muito. Em suma "florescido", como dizem os romancistas. E com que coragem defendeu o bobo do irmão! Pseuda, eu gosto de você. De fato, ainda dá coices como um potro selvagem... Tanto melhor, prova de que tem raça, inclusive não me desagrada ver quando se enfurece, pelo contrário, cai-lhe bem, combina com o cabelo negro. Pseuda, ainda seremos bons amigos. E, cantarolando alegremente, desceu a rua.

Mas toda esta diversão nada mais era do que algo parecido a um baile infantil no convés do navio. No entanto, lá embaixo, um homem gemia apunhalado na cabine: o capitão. De volta à taberna, Viktor deixou de lado a alegria forçada e se concentrou em si mesmo. "Viktor, a verdade falou, e quando a verdade fala, ninguém deve regatear. A verdade se manifesta: não aconteceu à maneira de César, apenas aparecer e aniquilar. Sua entrada em cena, o olhar, a justa indignação fracassaram e, de fato, de modo lamentável. Qual foi a razão do fracasso? Como estão as coisas entre Pseuda e você depois de tudo isso? Pense logo e responda."

Viktor pensou e respondeu: "A razão do fracasso é a seguinte: esta daminha está feliz e contente, por isso não necessita de nada nem ambiciona nada, muito menos de mim, que sou simplesmente supérfluo para ela. Enterrou o passado, e sem lápide. Portanto, esta é a razão do fracasso da minha entrada em cena. Mas no que se refere à minha futura relação, entre mim e ela, as coisas estão assim: minha superioridade intelectual não me serve de nada aqui, pois Pseuda não é capaz de avaliá-la. Inclusive, ela me faz mal, porquanto com a minha forma de pensar entro em conflito com as suas convicções, que são obstinadas, posto que as toma da cabeça de outras pessoas. Em suma: 'ela não reza pela mesma cartilha', apenas para usar uma expressão da senhora Steinbach. Quem venera um retrato, quem admira um Kurt, nunca apreciará um Viktor, isso é contra a natureza, pois um exclui o outro. E justamente o retrato é o pai, e Kurt, o irmão. Consequentemente, eu teria que começar uma luta contra o seu próprio sangue e contra a sua virtude mais bonita: a piedade. Portanto..." Aqui seus pensamentos pararam, resistindo a certas conclusões.

No lugar da voz, outra, mais tênue e que saía do fundo mais escuro dos seus sentimentos, completou a frase, murmurando: "Acabou". E como se fosse apenas uma deixa, de repente ergueram-se centenas de vozes vindas de todos os lados e repetiam em uníssono a frase: "Acabou", em eterna repetição, em tons graves, cada vez mais altos e mais fortes, em um crescendo similar às reações dos espectadores no entreato, quando a cortina não quer subir.

Viktor inclinou a cabeça, convencido, mas apático.

A razão batia em seus ombros: "Viktor, você está ouvindo o julgamento popular, que coincide com o meu, e no fundo com o seu. Resumindo, aqui não há clima para você".

"Então o quê?"

"Fazer as malas e partir."

"Engana-se, se acredita que o meu orgulho gostaria de esgueirar-se furtivamente, depois de eu ter chegado tal qual um Ulisses enfurecido."

"Acaso o orgulho gostará de sair daqui humilhado, desonrosamente abatido, com feridas supurantes e o coração cheio de fel amargo?"

"Mas o destino me deve algum tipo de reparação, algum triunfo sobre a traidora."

"O destino é um mau pagador. Vamos, seja razoável e não bata a cabeça contra a parede."

Viktor suspirou e manteve silêncio por um tempo. Depois retorquiu: "Pode ser que tenha razão, mas isso não quer dizer que vou ceder diante de você, apenas gostaria primeiro de deixar a tolice espernear, isso faz tão bem... Preciso também de um pouco de consolo. Amanhã cedo dou-lhe notícias, mas agora deixe-me dormir".

Estendido sobre o leito suave, prevendo a breve partida, sentindo-se já meio ausente, mole e com dor, refletindo sobre os seus movimentos frustrados de juiz vingador, o coração aproveitou esse ambiente e cochichou: "Acho que merecia uma despedida melhor. Não me interprete mal, eu não me permito, de modo algum, influenciar a sua decisão, apenas sigo obediente à razão; ela é, de longe, a mais sensata de todos nós... No entanto, é lamentável que tenha que se separar de Theuda no meio de tanta discórdia e com a lembrança presa, por toda a vida, a uma Pseuda inimiga. Acredito que seja claro que não voltará a vê-la nunca mais em toda a vida. Por conseguinte, não poderá mudar a imagem da sua lembrança tal como a viu hoje pela última vez: uma estranha irritante. Assim vai guardá-la eternamente diante dos olhos. Como despedida, desejar-lhe-ia algo mais reconciliador, um olhar doce, uma palavra amiga, sei lá, algo bonito que pudesse levar consigo como lindo consolo em terra estrangeira. Isso lhe faria bem (não falo por mim, parece que o mundo não sente a minha falta) e seria um remédio para a enferma Imago".

E ele continuou em meio a vagos murmúrios sedutores até que pegou no sono.

À noite, contudo, por volta do amanhecer, sonhou com um conto de fadas.

Na ilha de um lago, viu Pseuda como uma princesa encantada sentada entre sapos e salamandras, e, no meio deles, Kurt como rei dos sapos, dando saltos arriscados. "Não há, sobre a Terra, nenhum homem nobre que me livre dos sapos?", lamentava a voz dela. À margem, agachado perto de um arbusto, estava o lugar-tenente, movendo os braços ritmicamente perto da esposa, como se ceifasse. "Ajude-a", diziam seus gestos suplicantes, volvendo os olhos. Claro que o próprio Viktor não foi capaz de mover-se, pois era um sonho.

Assim que acordou de manhã, são e animado, com a mente fresca e o corpo fortalecido de coragem e de dignidade, levantou-se da cama belicoso: "Confiança, Pseuda", disse, emocionado, "vou livrá-la dos sapos". Vestiu-se, abriu a janela, passeou com a alma pelas montanhas, saltou faíscas dos olhos e bateu os pés no chão. "Acabou? Quem afirma que 'acabou'? Por dentro não está vazia, tem alma como qualquer pessoa, e na sua alma dorme um coração, e o coração sonha. Mesmo que não saiba disso, há um anseio, e o anseio tem sede de algo mais sublime, mais nobre, mais bonito do que o inútil círculo cotidiano pode oferecer. Simplesmente está incrustada. Se, entretanto, permaneço aqui ao seu lado, infalivelmente, cedo ou tarde, a magia da minha personalidade (ou melhor, o olhar abrasador das sublimes figuras estranhas que me iluminam) despertará entusiasmo da sua alma pela minha, rompendo a crosta, de maneira que acordará, e a venda dos seus olhos cairá, reconhecendo meu valor e reverenciando minha opinião elevada e desinteressada. Alma contra a banalidade, espírito contra a inércia, pessoa contra a corja, agora aparece o conflito: a magia é a minha arma, e a Rigorosa Senhora, meu poderoso general. Vamos ver para valer quem é o mais forte!"

Na mesma manhã, procurou uma casa particular, prevendo que a cura mágica pudesse, talvez, requerer mais tempo.

"Estupendo!", exclamou a razão quando ele se mudou ao cair da noite. E dois pensamentos, sussurrando intensamente, cruzaram a sua mente.

O mais próximo dos dois pensamentos disse: "De novo alguém que prefere cortar uma perna a atender à razão".

Mas, olhando para trás, o outro pensamento esperou, precavido, até que estivesse fora de alcance para ironizar com esta descarada observação: "Apenas porque está apaixonado", e fugiu rápido ao ver que Viktor, subitamente irritado, lhe desceu o porrete.

No entanto, a fantasia acenava a Viktor confidencialmente à parte: "Deixe-os tagarelar. Venha, quero mostrar-lhe algo". Com cuidado, puxou três dedos da cortina, o suficiente para poder olhar pela abertura. Viktor viu a si mesmo e Pseuda em pessoa sobre um palco. Estavam de pé de mãos dadas e se olhavam com paixão. Então ela falou para ele: "Oh, sublime, bondoso, desinteressado; tudo o que eu possa conceder-lhe sem pecado é seu, chame amizade ou chame amor".

"Esta foi apenas uma pequena amostra para dar-lhe uma ideia", disse a fantasia sorrindo furtivamente, enquanto voltava a puxar a cortina. "Mais tarde vou ensiná-lo coisas muito, mas muito mais bonitas."

Para demonstrar a personalidade à recalcitrante dama, Viktor precisava conseguir, antes de mais nada, encontrar-se com ela e, certamente, com frequência – se possível com alguma regularidade, pois preferências pessoais não são armas de longo alcance. Onde? Eis a pergunta! O que seria mais simples? Na casa dela, naturalmente! Para que serve, afinal, um lugar-tenente? Ele mesmo o havia convidado!

O lugar-tenente o recebeu com a maior cordialidade, discutindo com ele durante uma hora sobre temas científicos. Sua esposa, a quem a visita era dirigida, ao contrário, permaneceu invisível. E quando, ao ir embora, a encontrou, ela o contemplou com uma saudação fria, demonstrando-lhe que não gostava da visita.

Desse modo, não funcionaria. Tinha que tentar apanhá-la em um terceiro lugar. Informou-se onde e com quem costumava relacionar-se. Todas as informações diziam que seu trato social se limitava quase exclusivamente a Idealia. Viktor respirou fundo: "Idealia!". Já tinha experimentado antes essa Idealia na casa da senhora Keller. "Oras", disse encorajando-se, "no fundo é gente amável, valorosa, inclusive de uma rara cordialidade, apesar de sua fala escolástica, de que tanto se vangloriam. Apenas o fato de que ninguém tenha deixado transparecer irritação comigo no incidente com Kurt...! Ou seja, com alguma boa vontade...". Desdenhando, então, outros convites e negligenciando a senhora Steinbach, Viktor juntou-se às reuniões da Idealia, prevendo pacientemente as piores aventuras da amabilidade.

Também lhe corresponderam com boa vontade, mas logo o poder dos contrastes zombou daquele artificial jogo harmônico.

Acima de tudo, havia seu vício congênito (ou adquirido?) de isolar-se, o qual lhe dava arrepios diante de qualquer agrupamento de gente, fosse quem fosse, e agora tratava-se inclusive de uma "sociedade!", e o que é pior, com o nome Idealia! Essa gente, por sua vez, pressupunha em qualquer pessoa duas qualidades essenciais que ele não possuía: uma eterna sede de conhecimento e uma insaciável fome de música. Sem música, eram tão desamparadas como beduínos cujos camelos fogem. "Não quer tocar algo para nós?", podiam perguntar-se um ao outro. Este "algo" o levava à loucura. Por acaso, diz-se também: "Não quer nos fazer ouvir 'algo'?".

No que concerne ao conhecimento, o contraste era ainda mais evidente. Interessavam-se por tudo, Viktor, por nada. (Por nada, porque sua alma, que estava a ponto de transbordar de visões e de poesia, negava-se a aceitar qualquer coisa que viesse de fora).

Mas a questão principal era que lhe faltavam os prerrequisitos para seu estilo social despretensioso: o trabalho duro com obrigações e esforços, a vida familiar com preocupações, resumindo, a necessidade de descanso e de relaxamento. Ou seja, o antigo e venerável contraste vital entre o cigano no espírito e o monge beneditino familiar. Também a circunstância de que, ele, sem fazer nada, esperava algo (isto é, a conversão de Pseuda) era por si só suficiente para irritar a sua sensibilidade, pois o espírito humano não está preparado para a ociosidade.

Desse modo, em lugar da esperada adaptação, resultou um desconforto para ambas as partes. Ele era para essas pessoas "desagradável", e faziam com que se sentisse mal. De fato, Viktor fez um grande esforço para esconder seu mal-estar, para não ser o mico no jogo de cartas. "Como se sente entre nós? Já se acostumou um pouco?" "Oh, sim! Muito!", assegurava, solícito, gemendo como uma baleia ferida por um arpão.

Então, eles começavam a consolá-lo de maneira usual, repetindo a ladainha "seu próprio erro...". Por trás de cada frase de consolo, caía em conta-gotas uma advertência, como de uma dessas travessas de dois bicos com caldo até a borda, nas quais a gordura escorre pela parte superior, e a borra, pela inferior. Uma incessante flexão da sua pessoa com verbos modais: "o senhor tem que", "o senhor deveria". Ou ao contrário: "o senhor não tem que", "o senhor não deveria". Vejamos, o que ele deveria fazer, então, na opinião deles? E não deveria fazer? Não deveria: "desenfrear-se", "deixar-se envolver", "ensimesmar-

-se". Ele deveria: "superar-se", "sair de si mesmo", "despertar da letargia". (Viktor, perceba o sentido, você é letárgico.) Com o tempo talvez casar, por que não? Se possível, com uma dama forte e enérgica, que o faça sair à força da letargia (decididamente gostavam dessa palavra). Por enquanto, Viktor podia se aproveitar das mesmas possibilidades oferecidas à população local. Ou será que não tinha interesse em coisas mais sublimes? Na quinta-feira, por exemplo, haveria uma palestra interessante sobre o amor no tempo dos antigos germanos; no domingo, um violinista de sete anos de idade. Claro que não se tratava apenas de uma criança prodígio desnaturada e digna de lástima, eles seriam os últimos a saudar uma dessas plantas artificiais de estufa, mas, dessa vez, de um verdadeiro artista divino. Sabe cantar ou tocar algum instrumento? Uma ideia, uma sugestão: no dia quatro de dezembro, no aniversário de fundação da Idealia, Kurt apresentará uma obra. "O senhor não poderia, por acaso, representar um papel, por exemplo o de velho lobo do mar ou o do espírito da floresta?" E por que simplesmente não se inscrevia como membro da Idealia? Não seria muito mais natural e cômodo, se tratasse os homens de modo informal, isto é, por você, como faziam os demais?

Ou eles tentavam "animá-lo". Se havia um bailinho ou algum joguinho social, como passa-anel, dança das cadeiras e outros do gênero, eles o puxavam pelo braço com força. "Venha!

Não faça essa cara de desesperado e ajude-nos! Não é necessário ser sempre tão solene." Como tudo isso não servia para nada, como cada vez mais revelava-se "egoísta", aquele que tocava o fá menor, enquanto os outros entoavam o dó sustenido maior, e, além disso, um obstinado "realista", aquele que não se interessava por nada, por absolutamente nada, de ignorância indigna, daquela de arrepiar os cabelos (ele não lera, por exemplo, *Tasso*[4]!). Perante tudo isso, foram acentuando um pouco mais o tom, e a repreensão juntou-se aos conselhos e às admoestações. Naturalmente, sempre com total amizade, ou não é a repreensão a demonstração mais infalível de amizade? Queriam libertá-lo das "falhas" com a melhor das intenções, simplesmente para ajustá-lo à Idealia, mais ou menos como um conselho familiar se reúne para falar do fraque antes da viagem, de como ele caberá na mala: um opina que a manga deve ser dobrada assim, o outro, assado, o terceiro estica a gola, o quarto dobra as abas, com cuidado dois deles apertam-no com os punhos e os joelhos, e a pequena virgem senta-se em cima.

Mas essa tentativa foi pouco adequada, pois Viktor sentiu uma decidida má vontade em se deixar libertar das suas "falhas", justamente porque queria tratar desse assunto so-

---

4 | Refere-se ao drama *Torquato Tasso* (1790), de Johann Wolfgang von Goethe (1749-1832). (N. da T.)

zinho. O que suportava com menos paciência eram as críticas acerca da sua aparência física. Eram intermináveis os gracejos e as reprimendas sobre seu aspecto! Nada nele lhes parecia bem, da cabeça aos pés, nem a sua linguagem nem a sua dicção, nem o seu corte de cabelo nem o de sua barba, nem a roupa nem os sapatos, e não podiam conformar-se com as golas das camisas. Tímidas tentativas de rebater as críticas encontraram ouvidos moucos.

E logo a seguir os milhares de melindres provincianos!, aos quais ele respondia com incrível sensibilidade, a sensibilidade do homem com fantasia (o reverso da delicadeza) que, por meio de ininterrupta agitação, transforma uma picada de agulha em uma ferida supurante, aumenta uma pequena falta de consideração em ofensa mortal! Desse modo, cada lado contribuía com a sua parte para criar esse estado de tormenta, que costuma ser atenuada com o eufemismo "mal-entendido". Mas, segundo eles, os "mal-entendidos" não tinham importância. Meu Deus! O que queria dizer "mal-entendido" nessa pacífica Idealia, onde todos os anos sempre uns ralhavam com os outros, e todos com todos nos dias de festa? Todos se melindravam uns com os outros, mas não guardavam rancor. Contudo, Viktor foi caindo progressivamente em um estado tal qual um urso atacado por abelhas, devido à sua hipersensibilidade, à sua mania de exagerar tudo, à sua memória monstruosa, a qual não deixava passar nada, mas absolutamente nada, nem mesmo o salutar esquecimento, ao seu sentimento metafísico da vida, o qual sobrecarregava o acontecimento mais insignificante com patética intensidade, e à sua arte sumária do cálculo da fantasia, a qual generalizava a todos com o rancor daquilo que lhe haviam feito (é mais fácil assim). É verdade, ele admitia que tudo lhe acontecia por pura amizade, mas parecia-lhe que a amizade nessa terra tinha uma maldita semelhança com a dor de dente. E, sem perceber, as abelhas, profusamente alimentadas por sua fantasia, tinham se transformado em monstros, que o vigiavam por todos os lados com olhares traiçoeiros.

Por isso, tornou-se desconfiado como um cão na coleira ao anoitecer, farejando más intenções em todo lugar, reclamando por esclarecimentos a torto e a direito, pedindo satisfação, exigindo desculpas, tendo, às vezes, atitudes infantis. A esposa do pastor Wehrenfels lhe estendera a mão esquerda: "Isso foi feito para humilhar-me?". Sendo assim, após uma noite de insônia, Viktor exigiu dela uma explicação, utilizando os gestos de um oficial ultrajado. "Com o senhor não há como entender-se", exclamou, irritada, a esposa do doutor Richard depois de uma semelhante cena ridícula. Com pensamentos cheios de preocupação, a repreensão atormentava a sua alma escrupulosa, a qual queria sempre manter brilhante e disposta, como que para desfilar no Juízo Final. "E se tivesse razão? E se não tivesse?

Tudo é possível. Mas como remediar? Posso aperfeiçoar-me, mas não mudar." Pequeno e humilhado escreveu a uma amiga estrangeira: "Sinceramente, sem a menor consideração, não há como entender-se comigo?". A resposta dizia: "Sua pergunta me faz rir. Bem simples, como um coelho. Mas deve-se amá-lo bastante, como é justo, e dizer-lhe isto de vez em quando".

O mais irônico era que via apenas excepcionalmente aquela a quem mais buscava na Idealia e pela qual se submetia a todos os desconfortos da amizade. "A senhora Wyss é muito caseira", explicavam, "vive somente para o marido e o filho". Viktor suspeitava, porém, que esse não era o único motivo, mas que se mantinha a distância para não se encontrar com ele. E isso era o pior que podia acontecer-lhe. Quando chegava e não a encontrava aí, ficava olhando fixamente, como ausente, a cadeira na qual provavelmente se sentaria, se tivesse vindo, não dizia nada nem escutava o que lhe diziam. À infelicidade da espera acrescentava-se ainda a vergonha da esperança frustrada. E sempre, no dia seguinte de uma tal decepção, vagava perturbado pela cidade, como um fantasma que perdeu o caminho de volta para o cemitério.

No entanto, em casos excepcionais, quando Pseuda estava presente, ela fazia-o pagar a ofensa dirigida ao irmão com a cabeça erguida, animada e valente, utilizando-o como bode expiatório contra o qual lançava observações desfavoráveis, tais como lhe ocorriam, sem respeito à exatidão. Apenas ele abria a boca, ela já a estava tapando. Com isso, ela lhe causava profundas feridas na sensibilidade. "Eu não gosto de aduladores", censurou-o, altiva, quando esta exclamação lhe escapou: "Como a senhora é linda!". Outra vez, quando ele contestou a afirmação de que toda a nobreza europeia era idiota e deformada, ela o tachou de "esnobe". Claro que tinha dito tudo isso apenas para agradar aos outros, mas ele, jovem imprudente, levava tudo ao pé da letra e, como entendia tudo literalmente, também levava tudo a sério. Durante três noites, torturou-se com aquela suposta afronta. Colocava ao seu lado uma vara, um fogo, um escorpião e punha à prova sua alma nos lugares mais recônditos para expiá-la implacavelmente, caso necessário, até por fim alcançar a certeza consoladora de que não merecia aquele sinal injuriante. Não, quem tira o chapéu diante do mendigo, enquanto lhe dá esmolas, quem não se nega a estender a mão tanto para o pastor quanto para o ladrão, quem se atreve a saudar a prostituta em pleno dia não é um esnobe, e quem durante toda a vida desprezou o truque de ganhar o favor de uma mulher por meio do menosprezo da inimiga não é um adulador. "Então por que me diz isso?!", sua indignação gritou, e a partir daquele momento sentou-se diante de Pseuda com um gesto como se ela lhe tivesse arrancado um olho com um soco, e ele a tivesse perdoado.

A senhora Keller não podia continuar assistindo àquilo por mais tempo, pois a sua natureza pacífica não suportava nenhuma discórdia profunda ao seu redor. E como sentia um afeto cordial tanto por Viktor quanto pela senhora Wyss, concluiu que tudo não passava de um mal-entendido entre eles, pois, segundo a graciosa falta de lógica do coração feminino, se eu gosto de A e B, necessariamente A e B devem também gostar um do outro. Consequentemente, assumiu o papel de mediadora, descrevendo a Viktor as virtudes da senhora Wyss e, a esta, por sua vez, as qualidades de Viktor. De modo grandioso, como correspondia à sua natureza pura e simples, em que as virtudes estavam pintadas com traços vigorosos, como em um afresco, a senhora Wyss expressou a vontade em esquecer a história de Kurt, desde que, bem entendido, Viktor se esforçasse em ser mais sociável no futuro. Mesmo assim, ouvia os elogios sobre Viktor com incredulidade. E enquanto a senhora Keller se empenhava em fervorosa conversa a favor do protegido, Theuda foi reunindo, pouco a pouco, por si mesma, suas impressões, até formar uma imagem de Viktor, claro que de má vontade, pois resistia ao fato de que os seus pensamentos se ocupassem dele.

Não precisava perguntar-se, sentia claramente que aquele indivíduo lhe repugnava e, certamente, maior era o sentimento quanto mais o tempo passava (deixando completamente de lado a ofensa ao irmão). Até a sua vida desregrada, da qual não fazia nenhum segredo! "Não sejamos injustos, procuremos nele um lado bom." Contudo, podia dar todas as voltas que quisesse, não aparecia nunca um lado bom, e o catálogo de qualidades não diferia muito de um registro de pecados.

Seu aspecto pouco masculino, excessivamente suave, quase piegas, sem marcas, sem força, sem caráter, com voz baixa, gentileza exagerada, trajes presunçosos, linguagem estranha e afetada, um ser impenetrável, diverso e ambíguo, fechado e pérfido, em cuja cabeça ninguém sabe o que se passa, cada dia um rosto diferente ("gosto de pessoas sensíveis, abertas, sinceras"), a sua forma de pensar frívola e sarcástica, que gozava de tudo, inclusive do mais sagrado, lar e pátria, moral e religião, poesia e arte, com paradoxos baratos, sem seriedade nem profundidade, sem princípios nem ideais, nem um impulso, nem um ardor, nem um sentimento. (Como é possível que alguém não goste de música? A não ser que não tenha coração!) "De qualquer modo, ele não tem alma. Com quem andou fazendo amizade nessas três semanas? Com ninguém." E, ainda por cima, as contestações arrogantes, a tola falta de tato e as loucuras, que, de vez em quando, beiravam o ofensivo! Por exemplo, todos não tinham se empenhado para fazê-lo parar de chamá-la de "senhorita"?

Não, a sua antipatia não era injusta, por mais que a senhora Keller e o marido falassem a favor dele. Também o seu pai teria sabido julgá-lo, teria-o condenado com uma única expressão: "Ele não regula". Ela ouvia o tom da sua voz respeitável, tal como teria pronunciado. E, como justo nesse momento, a senhora Keller enaltecia os talentos de Viktor, exclamou:

– Certo, e onde estão esses talentos? Por favor, mostre-me um dos seus talentos, um único! O que é capaz de fazer? Ou o que sabe? A ausência de talentos é o único talento.

– Deve reconhecer, ao menos, o seu espírito – advertiu a senhora Keller.

Nesse instante, a senhora Wyss perdeu a paciência.

– Espírito? – exclamou, indignada. – Eu também amo e aprecio o espírito, mas deve-se perguntar que tipo de espírito. Na minha opinião, o espírito deixa transparecer algo de bom, verdade ou beleza, ações ou obras. O espírito venera o respeitável, reverencia o mérito, entusiasma-se com o sublime e o nobre. O espírito fala sério, sobretudo, quando trata de coisas sérias. Ao contrário, confesso que se esses joguinhos de palavras fúteis e divertidas forem espírito, então não me dizem respeito, mas nem um pouco. Por que em vez de dizer "natureza" diz "força incontrolável"? O que isso significa? Em vez de dizer "psicólogo", diz "os piores psicólogos". Por que a ênfase? Se isso é espírito, então exijo uma condecoração para ser considerada tola. Kurt também tem espírito, não é verdade? Mas é completamente diferente.

E como a senhora Keller fizesse coro com grande entusiasmo, o pretendido elogio a Viktor acabou em um canto de louvor a Kurt.

Depois que ambas tinham se deleitado fartamente com Kurt, a senhora Wyss manifestou-se por fim disposta (a sociabilidade não pode nunca ser prejudicial, mas não se comprometia com nada) a comportar-se com mais indulgência com aquele indivíduo desagradável.

Quem se negou a admitir obstinadamente a reconciliação proposta foi Viktor. Naturalmente, não aceitou que Pseuda, ou seja, a autêntica e verdadeira senhora Wyss, existisse na realidade e perante a lei. Antes que ela tivesse se "convertido", isto é, antes que tivesse voltado a esgueirar-se pela alma da jovem Theuda, Viktor deixou de tratar com ela.

Derrotada nessa frente, a senhora Keller buscou a paz por outro lado: reconciliar Kurt e Viktor. "Se eles se conhecessem melhor, talvez uma reconciliação fosse possível..." Isso resultou em uma daquelas desgraçadas demonstrações de harmonia, o que tornou a coisa muito pior do que já estava. E de novo foi Viktor quem fez o papel de teimoso. Certo que, a duras penas, consentira em um encontro e também se absteve (tal domínio tinha de si) de dizer uma palavra hostil. Em compensação, tratou

Kurt com olhares e gestos tão presunçosos, que acabou sendo igual ou até pior do que ofensas. Mas, dessa vez, não houve desculpa, a intenção ofensiva era evidente. "E por que", perguntava-se depois a si mesmo admirado, "por que tenho que humilhar esse homem, embora não me tenha feito nada, embora já saiba que isso é pouco inteligente e que poderia cair nas graças de Pseuda com um comportamento obediente?" Não encontrou resposta. Ocorrera-lhe como quando o cachorro vê o gato: se acaso se detém em atacá-lo, ao menos devora-o com os olhos.

"Instintos naturais!", pensava, desconcertado. "Uma idiossincrasia inexplicável, porém insuperável!" Equivocava-se, tratava-se de um negócio profissional: a ira do autêntico profeta contra o falso, a indignação do verdadeiro herdeiro contra o ladrão de herança, em suma, o cálido alento da Rigorosa Senhora o atiçava contra esta imitação de gênio.

A senhora Keller, então, desistiu da mediação. Era natural que agora tudo acabara definitivamente com Pseuda.

– Ainda por cima, é um homem malicioso que tenta desmoralizar meu irmão, por pura inveja do seu gênio. – A partir desse momento, essa foi a sua opinião sobre ele e providenciou para que Viktor não tivesse a menor dúvida acerca disso. Para que servem, então, meras observações maliciosas e alusões?

Com assombro, Viktor voltou a indignar-se com essa nova "injustiça". "Mas por que se importa com o irmão? Ele não faz parte da ação. Sua mera presença supõe um erro na obra." E parecia não ter sentido que a sua relação com Pseuda não tinha avanços, mas retrocessos. Irritado frequentemente se indagava: "Por que hesita? Quando vai despertar de uma vez por todas? Por acaso pensa que tenho vontade e tempo, esperando décadas pela sua conversão?". E agora poderia ainda retroceder?

Uma ideia insuportável. Mas como conduzir esse processo? Não conhecia outro meio a não ser por meio da "magia", a mesma magia que até então havia falhado tão lamentavelmente. Como era possível que falhasse? Que o seu fulgurante poder não saísse do seu interior para arrebatar a alma dela? Uma suposição: provavelmente a centelha só se abria em estado de êxtase, de maneira que só teria deixado de fazer efeito porque até então apenas havia encarado a dama com o ânimo paralisado, com a força relaxada. Em uma bela tarde, após trabalhar criativamente a fantasia, sentiu a alma povoada de tal modo com figuras ilustres (a ponto de pensar que podia se perceber uma espécie de nebulosa atmosfera ao redor) que recobrou o ânimo e foi vê-la na casa dela, com o propósito consciente, mas não revelado, de fazer valer a magia, desta vez concentrada, sobre ela, como em um curto-circuito. Ou seja, uma espécie de experimento psicológico, mas certamente sem ser leviano, pois tratava-se da salvação dele.

Quis o destino que naquela tarde estivesse com ela uma colega de escola, com a qual, voltando ao passado e sacudindo por um instante sua recém-formada dignidade de mãe, experimentava a inocente felicidade das travessuras da infância. Não faz mal passar-se por tolo de todo coração ainda que apenas uma vez mais, só para variar. Uma colocara um gorrinho de criança, a outra, uma cartola, e a alegria exigia saltitar com eles pelo quarto. Mas consideravam Viktor tão zero à esquerda que, ao entrar, nem sequer deram importância que pudesse interromper a traquinagem. Ali estava, sentado, contemplando a comédia. Após permanecer assim uns quinze minutos, soube para o resto da vida o que significa a magia das almas! Sem ser notado, tal como chegara, afastou-se e foi para casa, desanimado.

Nesse instante, pela primeira vez, perdeu a confiança em si mesmo. Um temor o fez estremecer como se as rodas traseiras da sua carruagem triunfal tivessem se partido, e o eixo, mediante duros golpes, arrastando-se por terra. E ao buscar consolo no espírito, descobriu diante do seu olhar uma cortina negra enrolada que fazia uns movimentos sinistros, como se pudesse cair de um momento para outro sem dar um sinal.

Depois de a magia se mostrar insuficiente, o que lhe restava? O medo o oprimia, e no seu medo, lançou mão antecipadamente do último trunfo, que, na realidade, guardara para mais tarde, quando o coração dela tivesse se sentindo comovido: a conversão por meio do seu retrato de solteira, dos anos mais nobres de juventude. Ele contava que a visão da sua própria imagem da época de solteira deveria despertar a lembrança, e Theuda castigará Pseuda, como um delinquente que começa a chorar de repente, quando alguém lhe mostra inesperadamente uma imagem da sua infância inocente e se arrepende dos crimes, jurando ser, a partir de então, um homem honrado como antes. Sendo assim, procurou, com a mão trêmula, o retrato de Theuda (sua imagem sagrada) que a senhora Steinbach lhe enviara três anos antes, evitando com temor olhá-lo, porque não confiava nas suas próprias forças para resistir à avalanche de recordações. Armado com o retrato, como com um revólver carregado, voltou a peregrinar até a casa dela no dia seguinte, arriscando-se tanto que quase sentiu compaixão por utilizar uma arma tão terrível. Antes que ela entrasse, colocou o retrato sobre o piano e esperou o efeito com o coração palpitante.

Tão logo apareceu à porta, seus olhos penetrantes perceberam o retrato.

– Quem lhe deu isso? – perguntou em um tom agudo de um juiz de instrução. – Quem deu o direito à senhora Steinbach de enviar-lhe minha fotografia? – Depois deu de ombros. – De qualquer modo, é um retrato ruim, nunca gostei dele.

Esse foi o efeito da imagem sagrada.

A situação de Viktor, então, ficou séria, pois não tinha mais nenhum trunfo na manga. Embora ainda persistisse desesperadamente na esperança, porque a necessitava, teve que reconhecer que toda a sua expectativa se tornara improvável e que algo imprevisível precisaria vir de fora em seu socorro, revertendo a situação, pois faltava à esperança uma justificativa racional. Com isso, o luto convergiu para o fundo da alma. E um dia irrompeu em sentimentos e causou dor.

Foi por ocasião de uma conversa sobre a peça *Tasso*. A conversa recaiu logo na suposta força de atração que o gênio exerce sobre as mulheres. Pseuda afirmava que, com instintiva infalibilidade, o coração da mulher se sente atraído por um homem verdadeiramente notável, extraordinário. Dito isso, suspirou, pensativa.

– Tem certeza da verdade da sua sentença? – Viktor ousou objetar.

– Certeza absoluta! – ela o desafiou – Como também do fato de que sentimos com precisão quem não é um notável, um extraordinário. – E para que a mordacidade não lhe escapasse, presenteou-o com um gesto afirmativo da cabeça e um olhar zombeteiro.

Isso lhe causou uma profunda dor. Logo a indignação fez com que o sangue lhe subisse à cabeça. "Diga o que quer que tenha para dizer", ordenou-lhe a voz da Rigorosa Senhora.

Obedeceu contrariado, pois o pudor e a modéstia opunham-se violentamente a isso. Mesmo assim, obedeceu.

– E quem lhe garante que eu não sou um homem notável e extraordinário? – A frase lançada com sua voz hesitante e rouca em tom cortante entre as quatro paredes da sala banhada pela luz do dia ressoou tão insuportavelmente feia que ele mesmo se envergonhou dela, e todos os presentes baixaram os olhos constrangidos, como se fosse uma indecência.

O pastor Wehrenfels encontrou a expressão certa:

– Não poderia fazer mal a ninguém – disse em tom de uma advertência branda, voltando-se para Viktor –, se alguém lesse *Tasso* antes de pronunciar-se sobre a questão.

– Bravo, boa resposta! – gritaram jubilosos todos os olhares.

Ao luto em relação à sua esperança efêmera misturou-se, ao que parece independente da Idealia, uma estranha irritação geral, não sabia se física ou da alma ou as duas coisas ao mesmo tempo. Uma sensação miserável, cujo primeiro sintoma já sentira ao chegar e que não o abandonara totalmente nunca mais. Agora, no meio do abatimento, irrompia uma furtiva doença, pois era algo assim em realidade. O que poderia ser? Um sentimento atroz de vazio, uma sensação incômoda, de um sabor repugnante, como se tivesse tragado um deserto de barro. Nostalgia? Sim, algo semelhante. No entanto, uma nostalgia sem poesia, sem brilho nem cor, um desconsolo centrífugo, uma saudade. Uma noite, quando, após uma reunião na Idealia, voltava para casa através de ruelas escuras, sem luz nem vida em nenhum lugar a não ser nas tabernas, das quais emergiam gritaria, algazarra e álcool, reconheceu de repente o seu sofrimento: a miséria do cidadão da cidade grande que se vê transladado a uma pequena. Na escada de uma igreja, um cachorro abandonado latia. Compreendeu o cachorro, gostaria de latir com ele.

Apesar de tudo isso, sua relação com a Idealia continuava sendo amistosa. Embora encontrassem nele algumas coisas para criticar, melhor dito, tudo, mesmo assim sempre o viam como um dos seus. Viktor, por sua vez, mantinha-se corajosamente em silêncio, esperando por dias melhores, de maneira que parecia um mártir piedoso, comovido com a sua incrível mansidão. Então, uma conversa simplória, que começara de modo totalmente inocente, até mesmo prazerosa, acendeu uma inimizade intensa, não com os outros, pois o povo comum não é capaz de ser hostil, mas com consigo mesmo, o fervoroso e indignado guardião das ideias e da verdade. Isso ocorreu em meio a uma cena grotesca, que ele denominou depois sua "batalha das amazonas". Viktor encontrava-se sentado na casa da esposa do doutor Richard diante em meio a quase uma meia dúzia de lindas damas, dentre elas Pseuda. Animado pela adorável visão, começou a caçoar das damas, tudo dentro do permitido claro, contando todo tipo de pequenas maldades sobre as mulheres, das quais lembrava um número considerável, recitando-as por seu sincero amor ao sexo feminino. No entanto, coisa que não podia saber ou esquecera no exterior, as mulheres daquele lugar defendiam o dogma do mistério da mulher germana, de modo que elas, ao contrário do costume no resto da Europa, perdoavam qualquer grosseria pessoal, porém, condenavam a menor dúvida sobre a sagrada superioridade do sexo feminino como execração. Logo viu-se metido no meio de uma polifonia de gritos de indignação (o grito de guerra das amazonas) contra os quais não pôde competir. No calor do debate (como ele se atrevera a desculpar as mulheres que fumam cigarro), todas se entusiasmaram e comentaram, triunfantes e cheias de júbilo, o terrível fim de uma estudante russa que morrera tragicamente queimada na semana passada, enquanto fumava um cigarro. "Acho bom", "bem feito para ela", "tomara que aconteça o mesmo com toda mulher que fuma". Então, abruptamente, no interior dele, um sentimento de justiça se transformou em uma furiosa cólera, em uma ira própria de um profeta, que teria se regozijado em atear fogo e enxofre sobre aquelas sacerdotisas das boas maneiras sedentas de sangue. Viu claramente diante dos olhos a pobre estudante dançando nas roupas em chamas, gritando e contorcendo-se, às vezes pulando alto de tanta dor, às vezes encolhendo-se no chão, e as fariseias de sorriso diabólico aplaudindo ao redor. "Assassinas!", o olhar dele cheio de ódio gritava. E nessa ocasião compreendeu, de repente, a inimizade mortal entre os profetas e as mulheres.

Após o encerramento da turbulenta sessão, enquanto suas encantadoras inimigas apressadamente davam as costas ao acalorado litígio (uma xícara de chá, um sanduichinho de presunto e já ninguém se lembra de nada), a terrível imagem da dançarina da morte no meio daquelas jubilosas fariseias ficou profundamente gravada na sua memória. As doze damas culpadas, que, na realidade, não eram capazes de fazer mal nem a um mosquito (com exceção das mariposas), receberam da sua fantasia o sinal de Caim marcado na fronte, e toda a Idealia, como responsável solidária por cada um dos membros, apareceu-lhe a partir desse momento como um ente capaz de atuar igual às erínias[5] sob a luz escura dos átridas. "Embora a polícia e a justiça não consigam apanhá-las, embora se movam com tanta decência dando passinhos curtos e anseiem santamente pelas canções de Schumann, a meus olhos são e continuarão

5 | Erínias são deusas nascidas da terra regada pelo sangue de Urano após este ter sido mutilado por Cronos. Vingam os crimes contra a família. (N. da T.)

sendo umas delinquentes: assassinas!" E sentiu o sombrio rancor do vingador. Pois a estudante em chamas apontava com os dedos carbonizados constantemente à Idealia, advertindo-a como fez o fantasma de Hamlet.

A hostilidade continuava fervendo o seu sangue, retumbava, mas não soltava faíscas. Tinha vontade de atacar, mas continha-se. Poucos dias após a "batalha das amazonas", recebeu com atraso as primeiras cartas do exterior. Que ares tão diferentes! "Festejado e honrado no círculo dos seus queridos companheiros, não vai – assim esperamos – ficar distante dos velhos amigos..." Festejado e honrado, oh, ironia! Meus queridos companheiros, oh, dor! "As suas magníficas qualidades, os seus conhecimentos, a sua bondade não foram reduzidas..." Que novidades! Que coisas esquecidas! Ele e as magníficas qualidades! Conhecimentos! Eram tempos bons aqueles em que ninguém tinha nada para criticar nele, e até encontravam algo para elogiar. As cartas surtiram o efeito de um despertador. Principalmente a autoestima, posta em xeque todos os dias pela maioria, foi se embrutecendo paulatinamente e, sem perceber, levara-o a um horizonte novo, mais estreito, típico daqui, de maneira que pouco a pouco começou a aceitar como natural o que a princípio o aborrecia: o pressuposto de que seria o cavalo defeituoso que todos poderiam melhorar. Um dia, acordou, o horizonte estreito desvaneceu, o orgulho se lembrou, e o pensamento comparou. Que contraste! E que ironia nesse contraste! Lá fora, no exterior: braços abertos, cálidas acolhidas, tolerância amável com a sua singularidade, indulgência com os erros. Aqui na pátria: críticas pobres de espírito, presunção de infalibilidade, negação de toda a sua personalidade. Com a comparação, agitou-se toda a amargura que tragara durante seis longas semanas, e, precipitado como era, começou a arder em uma fúria bélica. Não tolerar mais em silêncio! Ao ataque! Quero colocar-me diante de vocês para tirar-lhes as máscaras de fariseus, para acabar com o seu dicionário arrogante e hipócrita. Parem e escutem o que quero dizer-lhes, pois quero traçar um retrato. Estão preparados? Bem, então começo. Tenho que lhes dizer o seguinte: a "virtude" de vocês? Uma boquilha para difamar o próximo. A "franqueza"? Um privilégio arrogante para atirar impertinências sobre o próximo sem que consigam suportar a menor repreensão. A "sinceridade"? Uma permissão para falar pelas costas de alguém coisas muito piores do que as que falam pela frente. A "autenticidade"? Compram a permissão do pedantismo pela verdade nas questões secundárias e mentem por exceção nos casos decisivos. Se tivesse que fechar um negócio com um desses fanáticos pela verdade, o vigarista teria que fazê-lo por escrito diante de quatro testemunhas! A "amabilidade"? Egoísmo superficial. Se uma desgraça se precipita, ninguém ajuda ninguém. Paz familiar, amor pelos parentes? Se surgir uma disputa por uma herança qualquer entre vocês, verão onde está o amor! A "música"? Oh, alegres estalactites de gelo! A formação, o prazer com a arte e com a literatura? Se à sua direita se abrisse a porta do paraíso e à esquerda fosse anunciada uma conferência sobre ele, todos passariam correndo diante do paraíso para ir direto à conferência. "Interessante, interessante!"

Assim falarei com vocês. Componham-se e preparem-se. Infelizmente, lembrou que nas salas de recepção da Idealia não havia púlpitos, dos quais pudesse passar um sermão em todos como se faz com uma paróquia de penitentes durante a quaresma. "Não temam, distribuirei os presentes individualmente. O primeiro que fizer cara de virtuoso, leva o pote inteiro. Quem se habilita?" E como um touro, baixava os chifres, esperando o inimigo. Mas, ao olhar ao redor, pronto para a luta, não havia nenhum inimigo à vista. Todos estavam contra ele, e, no entanto, não havia ninguém. Embora não gostassem dele especialmente, tampouco lhe queriam mal. Sim, foi por pura maldade, no exato momento em que estava armado para a luta, pareceu que todos lhe ofereceram gentilezas, com as quais Viktor foi imediatamente desarmado. A possibilidade de agarrar pelos chifres alguém que se aproxima com uma saudação ingênua! "Então, como vai? Tomara que o senhor não tenha pegado um resfriado com este tempo tão estranho." Voraz, mas em vão, almejava um inimigo. Kurt? Um homem indefeso que escapava quando avistava o chapéu de Viktor na antessala. Ademais, Kurt, isso não se podia negar, tinha lindos, doces olhos, o que se pode fazer contra isso? Assim não sabia a quem dirigir a fúria bufante.

Enquanto isso, na falta de um inimigo e de um motivo de luta, sua fúria impotente se revelava através de um humor assustador. O seu olhar se tornou ameaçador, a expressão, irônica, o tom de voz, desafiador, as afirmações, despóticas, proibindo de antemão qualquer objeção. Ademais, suportando impaciente a contradição da sabedoria aprendida qual autêntico pensador da verdade ("não gosto de brandir a verdade com ideias emprestadas"), a voz acrescentava expressamente esta advertência: "Atreve-se a contradizer-me, seu desgraçado!". Apenas faltava-lhe uma guarda pessoal de mercenários para agarrar o adversário pelo pescoço.

Nem mesmo assim alcançou a almejada luta. A partir de então, todos se afastavam do seu caminho, como de um animal imprevisível e incontrolável. O padre, quando se falava de Viktor, dizia que era um Nepomuceno que enlouquecera. O médico o comparava a uma freira estigmatizada, o guarda-florestal, a um manso elefante bonachão que, por alguma razão desconhecida, se torna selvagem. Contudo, de vez em quando, sentava-se sombrio e triste durante toda uma noite, contido e silencioso, olhando diante de si. Ninguém nunca está seguro, se uma tempestade estiver se aproximando, e como ninguém tem a obrigação de expor-se a surpresas desagradáveis, deixavam-no sozinho com a sua raiva silenciosa.

Um exemplo: o doutor Richard estivera elogiando um novo trabalho científico. "O senhor tem que ler este livro", concluiu, voltando-se para Viktor, sentado ali, indiferente. Viktor se levantou de um salto, soltando espuma pela boca: "Como se atreve a me dar ordens?". E a noite toda se passou com coisas como, "senhor doutor, o senhor tem que segurar este lápis na boca", "senhor doutor, o senhor tem que pegar o meu lenço do sobretudo", "senhor doutor, o senhor tem que ir agora para casa". Não, ninguém queria encontrar-se com um homem assim.

Uma vez, quando o diretor e a esposa organizaram um pequeno jantar, para o qual, por vontade expressa do lugar-tenente, Viktor também fora convidado, no último instante começou a chegar uma desculpa atrás da outra, de maneira que a anfitriã, terrivelmente decepcionada, ficou com o monstro do Viktor como único convidado, observando-o como se fosse um botão na cestinha vazia da igreja. "Oras!", disse, consolando-se a si mesmo, "pior do que está não pode ficar". Mas, a partir de então, a senhora Wyss o denominou com todas as letras de "repugnante".

"É impossível aguentar Viktor", foi o julgamento geral. "Viktor está doente", respondia a desculpa unânime.

A desculpa tinha razão: o touro foi vencido, saía sangue pelo nariz. "Meu Deus, o que foi que aconteceu?", exclamou a senhora Steinbach, assustada, quando cruzou com ele na esquina de uma rua. Nesse mesmo dia, recebeu um convite especialmente urgente para que a visitasse. Em vão, pois temia a amiga como se fosse a razão em pessoa.

"Pior do que está não pode ficar", dissera. Engano! O pior estava por vir. Foi em um dia em que senhora Wyss falava contra a galanteria na sua presença (galanteria, outra ave de mau agouro para os membros da Idealia). "Hum, hum!", sorriu Viktor. "A senhora se irritaria muito se um homem realmente não lhe tratasse de forma galante." E como ela defendia a sentença com presunção, afirmando que nem exigia nem desejava galanterias, mas antes agradeceria se fosse poupada delas, o espírito da verdade o instigou a tal ponto que decidiu dar-lhe uma lição. Com esse propósito, na hora de despedir-se posicionou-se, de modo ostensivo, na frente dela na antessala, permanecendo com as mãos cruzadas nas costas e deixando que ela pegasse sozinha o casaco de pele do gancho e o vestisse. As mangas eram tão apertadas que ela teve que se virar para cá e para lá. Seus olhos zombavam deleitados: "Viu só para que servem as galanterias, senhora?". Mas não era possível, ela não se dava conta de nada: contestação por meio de charadas ou referência a uma ação mencionada em conversas anteriores, de fato ela não compreendia tais dicas de instrução. Evidentemente nunca passara por algo semelhante. Mas, ao contrário do que Viktor achava, ela percebia claramente que ele não queria ajudá-la, porque demonstrava a intenção de maneira patente e tinha a má fama de ser um "mestre de cerimônias" extremamente formal. Consequentemente, a senhora Wyss teve que interpretar sua negativa como uma ofensa pérfida. Que olhar ela lhe dirigiu! Isso não era um olhar, era uma gelatina branca com uma mancha de tinta dentro... O que fazer? Explicar-lhe? Inútil, ela não acreditaria. Desculpar-se? Uma mulher jamais aceita uma desculpa. "Deixa estar, não é a primeira injustiça que sofre. E quem sabe a coisa não é tão ruim quanto parece."

No entanto, era tão ruim quanto parecia. Quando e onde quer que ela o avistasse, soltava um som natural de ódio, algo assim como o bufar de um filhote de pantera: "Pff, ah!", e com um giro elegante, dava-lhe as costas.

Viktor encarou a primeira e a segunda vez de modo superior, inclusive tomou suficiente liberdade para deliciar o olhar no movimento flexível das suas costas. Mas na terceira vez, bruscamente, ficou vermelho de raiva: "Ah, você, com a sua cara simplória de macaco e suas ceroulas femininas!", gritava algo na alma. "Se eu quisesse! Se não a poupasse! Se quisesse, em um piscar de olhos eu transformaria o seu infantil 'pff, ah' em um lânguido 'gurr'." "Agora o senhor terá que me desprezar (suspiros); que farei a partir de agora com meu marido e filho? (lágrimas); mas você sempre me... (abraço)." E assim o resto da ladainha. "Mas alto lá! Tire a mão! Nem que merecesse isso com o seu comportamento tolo. Adultério com honra, mas há de ser pelo menos um adultério são, sincero, amor por amor ou prazer por prazer. Porém, conquistar perfidamente uma mulher por meio de artifícios e cálculos, destruir uma família inocente por conta de uma ordinária e doentia vaidade masculina (pois esta acaba, se a mulher errou, disso não resta dúvida), isso não faço! Em primeiro lugar, porque não faço, em segundo lugar, porque preciso de uma alma limpa na missão da minha vida. E o seu marido que é meu amigo! Por isso não e não e outra vez não! Corra e dê graças, bebê! Mas se quiser odiar-me, faze-o bem! Aposto: vou ensiná-la a odiar-me a tal ponto que vai subir pelas paredes de tanta raiva. E eu comerei tranquilamente um rabanete, enquanto assisto a tudo. Quanto mais me odiar, tanto maior será o meu prazer. Não acredita? Paciência! Logo, logo, vou prová-lo."

E nos limites do permitido, mas muito mesmo nos limites, Viktor começou a irritá-la e a aborrecê-la com todas as suas forças. Com esse propósito, impunha-se sem consideração, grudando nela impiedosamente. De acordo com o humor, servia-se de escárnio ou de sarcasmo, quer direta ou indiretamente.

Se o humor dele pendesse mais para o sarcasmo, lançava frases horríveis que reviravam os mais sagrados sentimentos dela. Será que ela não percebera que um surpreendente espírito de crueldade se manifesta com frequência nas mulheres? Será que ela não notara também que não se encontra em lugar nenhum uma carência mais assustadora de espírito e de coração do que entre os gênios da música? Ou ele admirava o certeiro instinto do coração feminino que escolhe com uma infalibilidade verdadeiramente genial dentre cem homens o maior dos asnos para apaixonar-se. Ou recomendava o adultério como um recurso pedagógico para o marido, para que se comportasse mais galantemente com a esposa. Ou lamentava o destino digno de misericórdia por estar nesse ninho miserável "condenado à moral". E por que Viktor e os seus pares eram chamados de libertinos? Ao contrário, deveriam chamá-lo de esteta, porquanto se sentia atraído pela beleza do corpo feminino. Depois de tudo, o que era todo aquele berreiro falso e fariseu contra a concupiscência? "Se uma mulher não me parece apetitosa, sente-se ofendida por isso. Mas se sinto desejo por ela, estou lhe reverenciando, claro." Não é disso que você gosta, como se tivesse que engolir um sapo? Que seja, bom apetite, continuaremos mesmo assim. "O que nunca consegui compreender é que um pirata faça cerimônia com uma donzela raptada. Ela só pode encará-lo com o rosto cheio de ódio, mas não com as pernas, pois, nesses casos, o rosto é algo secundário." A senhora deseja algo mais deste estilo? Não? Bem, então continuemos. "Todo homem deseja uma mulher bonita a todo momento, se algum dentre eles nega, ou não é homem, ou mente."

A senhora Wyss não queria conceder a honra de discutir com ele. Apenas os olhares lhe anunciavam: "Caro senhor, se tiver o azar de ir parar debaixo de um trem, sentiria sinceramente pena, mas de modo algum lamentaria".

Ao que o seu descarado olhar irônico revidava: "Amável dama, se a senhora fizer o obséquio de querer estourar de tanto ódio, por favor, diga-me com antecedência a fim de eu poder reservar um lugarzinho para mim".

Se Viktor estava com um humor mais ameno, então satisfazia-se em ferir suas convicções e frases escolares, dirigindo-se ao seu patriotismo cor-de-rosa dos Alpes, sua bucólica exaltação do povo e coisas do gênero.

Durante seus passeios, ela gostava de alegrar-se com a canção popular "Am Morgen in der Frühe, da melken wir die Kühe"[6]. "Será que a senhora sabe ordenhar, senhora Wyss?", Viktor perguntava em tom de admiração. E quando chamava alguém por você, enquanto cantava "Jedem sag ich einfach du"[7], ele batia palmas calorosamente. "Há muito tempo, meu maior desejo é que nos tratássemos por você." Além do irmão, enaltecia especialmente um primo bem alto chamado Ludwig, que conquistava incansável picos de montanhas todos anos.

6 | Pela manhã cedo, ordenhamos as vacas. (N. da T.)
7 | Trato todos simplesmente por você. (N. da T.)

Viktor chamava este conquistador Ludwig de Duliehu. E por que os queridos compatriotas se gabavam tanto dos Alpes? "Eles não o fizeram. Se tivessem tido que fazê-lo, por certo seria um pouco mais baixo." De qualquer forma, com exceção dos Alpes, hoje em dia estima-se infinitamente mais a natureza sem vida, até o dedo mindinho de uma linda mulher tem mais valor diante do semblante de Deus do que a mais grandiosa geleira. E Viktor confessava abertamente que havia mais alma e mais espírito por descobrir em uma impecável cartola do que em um amanhecer, "pois até um mamute pode compreender um amanhecer, contudo uma cartola apenas um homem culto de gosto delicado". Ou dava conselhos que a senhora Wyss não pedira. Se ela reclamava das destruições vandálicas das antiguidades do país, ele aconselhava: "Apontar os canhões e atirar em toda a tralha de madeira!". Se ela se queixava do desaparecimento progressivo dos trajes típicos e dos dialetos, ele sugeria que tais trajes fossem impostos aos criminosos como castigo e que se limitasse o dialeto a famílias com deficiência mental hereditária.

Em tais estados de ânimo, a diversão favorita de Viktor era mudar o nome das coisas. Chamava a sua orgulhosa cidade natal, comum a todos, de "Mugiópolis"; a política local, de uma excitação periódica para ver se devia eleger Fritz ou Franz. Em lugar de "crueldade", dizia "patriotismo", em lugar de "grosseria", "germanismo" e denominava as faltas de tato de "falta dialetal da alma".

De vez em quando, Viktor a irritava fazendo longos rodeios com expressão hipócrita e inocente. Por exemplo, por meio de anedotas e feitos memoráveis que inventava francamente com a melhor das intenções.

– Senhora Wyss – podia começar inofensivamente –, será que a senhora conhece a anedota da condessa Stepansky, Beethoven e o maestro Pfuschini?

– Nem quero conhecê-la – ronronava, sentindo o cheiro de uma maldade.

– A senhora faz mal, muito mal, porque é tão instrutiva quanto divertida. Quando perguntaram para a condessa Stepansky, em cuja mesa se sentaram ao mesmo tempo Beethoven e Pfuschini, qual dos dois parecia mais importante, Beethoven ou Pfuschini, ela fez uma cara superior e inteligente e respondeu: "Isso não se deve comparar, cada um a seu modo complementa o outro".

"Aliás, a música e as mulheres! Façamos um teste, amável senhora? Forme no conservatório a jovem mais talentosa para a música, depois afaste-a de qualquer estímulo masculino e volte a vê-la em dez anos: terá fechado o piano e comprado um gato. O piano porque não tem tempo, o gato porque não sabe o que fazer com todo o tempo que tem."

E quando, em uma conversa, ela voltou a afirmar a superioridade da mulher sobre o homem:

– Com prazer gostaria de concordar com a senhora – Viktor retrucou –, se as próprias mulheres em determinados momentos não pregassem a superioridade masculina.

– ?

– Pois sim. Quando uma mãe, depois de seis abortos femininos, consegue por fim ter um filho, começa a cacarejar vitoriosa, como se tivesse dado à luz o Messias. E tudo o que é feminino no raio de um quilômetro se apressa voluntariamente a servir submisso à maravilhosa supermulher. O "filho", o "filhinho", o "nenê"! Como se um filho fosse uma das sete maravilhas do mundo. O Messias se tornará depois um deputado do cantão, se tiver sorte.

Mediante todas essas coisas, Viktor conseguiu realmente sem esforço tudo o que esperara, isto é, o mais profundo, sólido e de todo coração desprezo dela. O olhar da senhora Wyss já não dizia "pff, ah" ao vê-lo senão "eh, eca", como diante de um sapo gosmento. Ele exultava, como se tivesse obtido uma imensa vitória. "Veja agora, ria-se consigo mesmo, como o seu julgamento me é indiferente!" E, alegre, fazia uma comparação: "Você queria livrá-la dos sapos, e agora é um deles".

"Viktor, agora começo a acreditar que está louco de verdade." "Um motivo a mais para passar-me por louco", ele ria.

Então, uma tarde, justamente quando ia dobrar uma esquina, ouviu uma voz alta atrás de si gritar: "Lhama!". Quando se virou furioso em direção ao grito, a voz continuou: "Não precisa virar-se, sou sua razão, que o chama de lhama".

"Com que direito me chama de lhama?"

"Porque trabalha com as forças diabólicas, ao contrário do que pretende."

"Eu não pretendo nada."

"Claro que pretende algo, e quero dizer-lhe o que é. Tem em segredo, sem que confesse isso nem a si mesmo, o plano de irritar e confundir a daminha sem experiência a tal ponto que perca o prumo, e um dia, sem querer, como um marimbondo enfurecido, venha a aferroar o pescoço como uma mutuca enlouquecida pela tormenta."

"E se isso ocorresse, acaso o cálculo seria tão falso? Frequentemente, o ódio de uma mulher se transforma de repente em amor."

"Coisas de romance", replicou a razão, "mas faça o quiser, eu não sou a sua ama!"

Mas Viktor vacilou, tocado pela dúvida. Inseguro e confuso, voltou para casa. Ao verificar a sua posição com espírito prudente, estremeceu. Tomado pela vertigem, ia pelo caminho errado, perdera-se. Sem dúvida a razão estava certa: o ódio de Pseuda não era do tipo que se transforma em amor. Um péssima descoberta. Já não podia seguir em frente, pois, uma vez que a sua secreta esperança de uma repentina reviravolta lhe foi roubada, não fazia mais sentido fortalecer o ódio dela, porquanto isso apenas significaria aumentar a distância entre eles. Mas então o quê? Recomeçar tudo outra vez? Modesta e suavemente aplacar primeiro o ódio, em seguida superar com esforço a repulsa, depois curar a aversão e por fim, com paciência, passo a passo, degrau por degrau, conquistar a sua graça? "Por que não me ocorreu antes? Para isso teria que renunciar a toda minha autoestima. Mas tampouco tenho tempo. Graças a Deus, ainda não chegamos a esse ponto!" Mas se não for isso, o que então? Por mais que espreitasse ao redor, não via saída para nenhum lado. De repente, bateu com os pés no chão: "Quem me obriga a preocupar-me com ela? Se se converteu ou não, se se mete em um pântano ou no charco porque quer, o que me importa? Não sou seu confessor nem guia espiritual. Ou por acaso pensa que dou aulas particulares de psicologia? Concedi-lhe a honra de ser irritada por mim. Para que volte a ocupar-me dela, teria que me pedir ardentemente. Enquanto isso, vá embora, não a conheço. O que é isso: senhora Wyss? Vive na água ou aninha-se nas árvores? Bica grãos ou come insetos? Amável senhora, já viu alguma vez uma pulga saltar da unha? É deste jeito que a senhora vai saltar da minha memória. Um, dois, três! Pronto. Nada mais. Pseuda não existe."

Dito isso, bateu os calcanhares e estalou os dedos. Oh, que fácil era agora desde que esquecera a criatura nociva! Um dente quebrado que havia sido arrancado! Mas o que fazer com a liberdade recém-adquirida? Milhares de preciosas possibilidades lhe acenavam. "Que tal, por exemplo, se nos apaixonássemos por alguém, só para variar?" Que ideia boa! Pois, desde tempos imemoriais, não voltara a experimentar esse pequeno elixir, e isso é tão pouco natural! E, se possível, de uma criatura sem formação, absolutamente humilde, para quando ela perceber (e neste ninho de fofocas com certeza vai perceber), irritá-la e humilhá-la. Ou seja, por exemplo, uma "criada". Para este fim, superando a aversão ao álcool e aos aficionados viciados, dirigiu-se à taverna mais próxima. A moça que o serviu chamava-se Pamela. Ele insistiu para que se sentasse ao lado dele e a caramelizou com conversas açucaradas, enquanto, como rezava a tradição, ia exaltando uma a uma as partes do rosto dela. Pamela escutou sorrindo furtivamente durante algum tempo, aninhando-se prazerosamente como um caracol sob a morna chuva de maio. Até que, de repente, bufando e sibilando, como um gato sobre cujo rabo alguém pisou, foi esconder-se ronronando atrás do balcão de queijos.

– Estúpido, velho, mal-educado! – vociferou como cumprimento. Ah, sim, Viktor elogiara os dentes de pérola. Ocorre que Pamela não tinha dentes. Nem sequer suportara olhá-la.

Três dias depois, encontrou na rua a senhora Wyss, toda radiante. Nossa, que transformação mais repentina! O que significaria isso?

– Parece que temos que cumprimentá-lo – dissimulou. – Para quando é o casamento com Pamela?

"Ah, maliciosa!", pensara, afinal essa não tinha sido a sua intenção.

Não, com o amor não funcionava. Tal como suspeitara logo ao chegar: sobre esse solo de cal não cresce amor algum. Mas tentemos com a amizade. Um certo Andreas Wixel, arquivista, era especialmente recomendado para isso, pois a senhora Wyss não podia suportá-lo. Costumava chamá-lo de "o tapado Andreas". Sem saber por que razão, Viktor começou, de repente, a sentir um carinho tormentoso por Andreas, apressou-se em procurá-lo e fez amizade com ele, muito comovido com a sua imagem tímida. Wixel, por sua vez, se sentia também muito comovido com a repentina amizade de Viktor, e a fim de inaugurar o laço amical, combinaram uma excursão a Guggisweid no domingo à tarde. Com olhares rijos, observavam aquela interminável e horrível tarde de domingo sobre a cidade com um grupo de ginastas jogando bola e escutando uma melosa música metálica. Viktor, mudo como uma pedra, cravou o olhar na rua Münster, enquanto Wixel dava de modo confuso um testemunho teimoso sobre a diferença entre Goethe e Schiller. Ouvindo aquilo, podia-se sentir a santa vontade de vomitar. Sem saída! Pseuda podia dizer o que quisesse, o tal Andreas Wixel era verdadeiramente um tapado.

Assim, as amizades masculinas também não deram em nada. Então, outra coisa. O teatro? Bah! Que teatro nessa cidade? Não gostava mesmo de teatro. Talvez um concerto? Bom, tentemos um concerto. Mas, ai!, ali estava ela sentada na segunda fila e, de repente, todos os instrumentos soavam mal. Nem mesmo gostava das visitas, porque em todos os lugares falavam da esposa de um tal diretor Wyss. "O senhor sabe de algo novo sobre a senhora Wyss?", "quando a viu pela última vez?" etc. Então, olhando para o teto, esforçava-se para chegar até o fundo das lembranças: "A senhora Wyss? Onde já ouvi este nome?". Mesmo na rua dirigiam-se a ele para que desse notícias de uma certa senhora Wyss, que nem existia. Na verdade, Viktor bem sabia que havia mulheres inconvenientes, mas não teria acreditado ser possível existir um grude tão desavergonhadamente meloso e pegajoso como essa tal senhora Wyss. Ah, esta cidadezinha onde se tropeça sempre com as mesmas pessoas ou, pelo menos, com seus nomes! Onde pôr-se a salvo desta funesta e inevitável senhora Wyss? Tinha que fugir, fugir para longe, para o campo, onde nem as cabras a conhecessem.

Bom, por que não? Para que serve o trem, afinal? Lembrou que, certa vez, ouvira esta frase da boca dela: "Que estranho nunca estive em toda a minha vida em Lengendorf". Assim, Lengendorf não deveria ter recordações da Pseuda. Ele viajou, então, de trem para Lengendorf. Assim que chegou, permitiu--se saborear uma breve e astuta comédia para ter absoluta certeza de que ela não existia ali. Mal acabara de descer do trem, dirigiu-se ao chefe da estação e pediu-lhe com a amabilidade mais bem escolhida que lhe fizesse o favor de dar-lhe uma informação, pois fora a Lengendorf para visitar uma certa senhora Wyss. Será que talvez faria a gentileza de explicar--lhe o caminho até a casa dela? O chefe da estação ficou perplexo, negou com a cabeça e pediu ajuda ao cobrador; este ao porteiro, o porteiro ao empregado do Hirsch e ao cocheiro do Storch. Ninguém conhecia o nome Wyss. O policial e algumas pessoas que andavam por ali se misturaram à conversa. "Em Lengendorf", a afirmação foi unânime e lamentada, "não vive nenhuma senhora Wyss", e olharam para Viktor com compaixão. Mas este exultou de alegria no coração: "Veja, criatura pretensiosa e importuna, a existência da sua pequenez nem sequer é conhecida por esta gente, consequentemente por que acredita ser tão importante?". Esses puros habitantes de Lengendorf, que nem sequer conheciam o nome Wyss, conquistaram-no. E com o coração afável, como um príncipe que acaba de chegar incógnito ao povoado, ele encantava com amabilidade todo ser vivo que cruzava o seu caminho. Viktor passou o dia inteiro brincando de Francisco José[8], não apenas na aparência. Não, ele gostava de coração dessa gente boa, corajosa e respeitável de Lengendorf que não conhecia nem pelo nome a senhora Wyss. E esse lugar encantador onde ela nunca pisara! Esses amigáveis cumes de colinas da floresta que jamais vira! Como se respirava bem naquele ar! Vocês não sentem? E Viktor elogiou tão efusivamente o clima de Lengendorf que o dono do Storch, onde Viktor se hospedara, exultante diante da perspectiva de um empreendimento estrangeiro, lhe ofereceu, em voz baixa, uma redução do preço caso decidisse experimentar outra vez a cura nos ares de Lengendorf no próximo verão. Viktor, então, pagou com gosto o que devia pelo almoço. Quando partiu à noite, fizera amizade com todo o povoado, do médico até o pastor, do criado até o cachorro. Voltou para casa emocionado e feliz, pois poucas vezes passara momentos tão aprazíveis. Decididamente, até o presente instante, menosprezara os habitantes do interior.

8 | Spitteler se refere ao costume do imperador austríaco Francisco José I (1830-1916) de se misturar ao povo para conhecer as suas necessidades. (N. da T.)

Ainda sonhando com o dia idílico, Viktor abriu caminho até a cidade através de grupos de pessoas na estação. Ai, que tédio! Ali estava ela em pessoa, conversando com o professor Pfininger, e toda a alegria da inexistência dela acabou abruptamente.

"Agora, por favor, onde estão as leis da natureza? E o que diz a lógica? Se ela não existe, então é impossível que eu a veja, mas se a vejo, então tem que existir; mas se não existe, como posso vê-la? Isso deixaria até um sofista louco! Eu só conheço um meio: trancar-me no quarto. Será difícil para ela encontrar o caminho pelo buraco da fechadura!" Viktor fechou a porta, passou o ferrolho, jogou-se no sofá e começou a brincar com os polegares. Depois de permanecer assim por alguns instantes, uma luz nebulosa apareceu no quarto. A névoa foi se intensificando cada vez mais, e um semblante humano surgiu no meio dela, cada vez mais evidente e mais bonito, e vejam só era o semblante dela. "Agora, Pseuda", disse meigo, mas sério, "invoco seu sentimento de equidade e justiça. Não vou me opor contra a sua aversão, nem contra o seu ódio. Eu lhe cedo as ruas, a cidade, todo o mundo exterior, mas cuidado com a paz do meu lar. Não venha me procurar no meu quarto".

"Mas... mas Viktor!", a razão ponderou. "Não é ela quem está aí, mas apenas a irmã Anastasia Fantasia que está brincando com você."

"Poderia ser uma brincadeira um pouco mais inteligente!", respondeu, irritado.

"Eu brinco como quiser!", retrucou a Fantasia, resmungando. "Eu gosto da cabeça de Pseuda, mas se tiver outra opinião, então não precisa me olhar, ninguém o obriga a isso." E ela continuou com o jogo de modo que Viktor, agora no quarto e com raras pausas, não parava de ver flutuando ao redor a cabeça de Pseuda, principalmente ao cair da noite, quando o lusco-fusco inundava o ambiente. O que fazer? Parecia estar condenado a ter que ver sempre e em todo lugar diante dos olhos essa inconveniente e presunçosa nulidade. No entanto, uma perturbação nem de longe é uma desgraça. Outros têm mosquitos no quarto, ele tem Pseuda. Todo o humor consiste em não se perturbar. E sabiamente resignou-se com o fato daquela onipresença.

De repente, a notícia de que ela estaria doente estourou nos seus ouvidos como uma granada em uma casa. Isso foi à noite, por volta das sete, quando a criada lhe contara. Depois de se recuperar da consternação, Viktor sentiu uma excitação e uma confusão selvagens, como se ele se encontrasse bem no meio de um formigueiro. Como devia comportar-se em uma tal situação? Não se tratava de um interesse afetuoso. Não, absolutamente não! Sua inimiga maliciosa! A traidora da parúsia! A envenenadora de Imago! Por outro lado, não podia evitar de compadecer-se sinceramente, pois, apesar de tudo, ela era uma criatura que sofria nesse momento. Onde fica precisamente o divisor de águas? E qual é o meio exato e correto? Uma tarefa difícil e perigosa para o sentimento, pois se ele sentisse pena de Pseuda só um pouquinho a mais, pareceria que não era indiferente ao coração dele. Mas se não sentisse nenhuma pena dela, passaria por uma pessoa insensível, odiosa. Essa tarefa era tão difícil que passou a noite esquentando a cabeça. À meia-noite, não conseguia ver a situação mais claramente do que via no início. Pelo contrário. E ah! Outra possibilidade horrível! E se fosse uma doença grave! E se estivesse no fim...! Não, isso não. Isso seria uma diabólica maldade do destino, querer obrigá-lo a ser gentil com a traidora por meio desses infames artifícios. Viktor passou a outra metade da noite rezando, angustiado, para que o destino a curasse e não tivesse que ser bom com ela. Estava tão transtornado na manhã seguinte depois desse pesado trabalho mental que se levantou meio doente.

Desprezando o café da manhã, apressou-se em direção à rua Münster.

– Senhor lugar-tenente, como está a sua esposa? Espero que bem! – Viktor o interrogou com angústia no corredor.

O lugar-tenente se surpreendeu:

– Como assim? Ela nem está doente. Só com um pouco de dor de dente. Mas por que o senhor me chama de lugar-tenente?

– Nada, nada – gritou Viktor, exultante, indo embora aliviado.

O destino ouvira suas preces. Apenas dor de dente, que dói, embora não seja nada perigoso. "Espere! Algo bonito, muito bonito! Sabe o quê? Apesar do estado de guerra em que me encontro com Pseuda, em agradecimento por não ter ficado doente, vou fazer algo cortês (pode-se conduzir uma guerra cavalheiresca). Então, preste atenção: enquanto estiver sentindo dor, quero também sentir dor e exatamente no mesmo lugar, ou seja, no dente. Está bem, não? Não é bonito? Não é uma forma gentil de fazer a guerra?" Viktor saiu e foi até a casa do dentista Effringer, cujo lar, infelizmente, já conhecia. Pediu-lhe que o dentista lhe arrancasse um dente.

– Mas este dente está completamente saudável! Provavelmente o senhor se refere ao dente molar podre do lado? Não seria nada mal arrancá-lo.

Viktor lutou com a sua consciência: é direito aproveitar-se da dor? Por fim, preferiu arrancar um dente podre a um saudável.

Quando, mais tarde, Effringer se aproximou com o gás do riso[9], sua consciência voltou a se manifestar pela segunda vez:

---

9 | O gás do riso era utilizado como anestésico. (N. da T.)

"Viktor, não tem vergonha?! Veio para sentir dor como ela e agora quer evitá-la covardemente?".

De fato, Viktor sentiu vergonha. Só de contemplar as terríveis pinças, achou mais propício não recusar aquele gás consolador, o qual não pedira, mas que chegou voluntariamente. E para se reconciliar, de certo modo, com a consciência, Viktor fez com que o dentista lhe arrancasse ainda um segundo dente molar podre, de novo com o gás do riso.

Mais tarde, a caminho de casa, não conseguia saber se, de fato, fizera algo digno de nota. Por um lado, não é algo comum deixar-se arrancar dois dentes, apenas porque outra pessoa tem dor de dente, por outro, dois dentes podres não são exatamente um sacrifício imaculado. Nenhum Papa o transformaria em mártir apenas por suportar as dores usando um meio de amenizá-las.

Contudo, de repente, sentiu-se um pouco cansado e fraco a ponto de querer sentar-se em algum lugar. Como era uma pessoa que nunca ia a tabernas, não aceitou o mais indicado a fazer. Ao contrário, preferiu, apesar do inusitado da hora (pouco mais de nove horas), servir-se da hospitalidade de um conhecido. A senhora Richard, a esposa do médico, morava no caminho. Por favor, que ela o desculpasse, pois não se sentia muito bem. Muito preocupada, pôs-se a ajudá-lo, pedindo que se sentasse no sofá e convencendo-o a tomar um cálice de

Málaga, o que realmente lhe fez bem. Agradecido, quis partir, porém ela o instou a ficar.

– O senhor ainda está um pouco pálido. Asseguro-lhe que não me incomoda nem um pouco.

Depois de permanecer sentado por uma meia hora, uma jovem animada e cheia de vida entrou de casaco e chapéu.

– Esta linda senhorita – disse a senhora Richard – lhe parecerá especialmente simpática. (Considerando o fato de que ela acha todo mundo simpático, ou não?) Quero dizer especialmente simpática, pois a senhora Wyss salvou a vida dela uma vez. – Depois disso, a senhora Richard apresentou-a: – A senhorita Marie Leona Planita, a melhor pianista da nossa cidade e, ao mesmo tempo, como pode ver, a criatura mais atraente, capaz de virar a cabeça de qualquer homem.

– Sim, sem a senhora Wyss eu não estaria aqui – confirmou a senhorita Planita com um olhar inflamado cheio de agradecimento, – nem faria tantas bobagens na vida nem tantos erros nas oitavas. Sim – continuou rindo –, ela me salvou.

A senhora Richard esclareceu tudo a Viktor em poucas palavras. Foi na época da escola. Enquanto nadavam, Marie Leona começou a se afogar, e a linda Theuda (como todo mundo a chamava então) a tirou de lá.

– Em um instante, ela saltou vestida na água como se fosse a coisa mais natural do mundo – acrescentou a senhorita Planita.

– Ainda vejo o seu olhar diante de mim, como ele me alcançou, enquanto eu batia as mãos sem poder gritar porque a boca estava cheia de água. Mal tive tempo de morrer e já estava outra vez de volta à vida. Mas como eu me senti mal depois! Mal! Isso posso dizer ao senhor! Sim, realmente há muitas coisas bonitas na música, e certamente sou a primeira a reconhecer com agradecida admiração, mas toda a música junta não supera em beleza esse olhar único me gritando: "Aguente firme, Marie Leona, eu vou ajudá-la". Meia dúzia de meninas nadavam perto de mim, elas precisavam apenas me estender a mão, mas nenhuma delas tinha percebido nada, todas teriam me deixado morrer no desespero... E nenhuma de nós duas, Theuda e eu, sabíamos nadar. Ainda hoje continuo sem entender como nós duas não nos afogamos juntas.

Enquanto Marie Leona contava tal relato, o coração de Viktor foi ficando com cara de camponês que vê um meteoro cair sobre o arado. Como essa perversa senhora Wyss conseguiu ser capaz de tal nobre sacrifício? Ou será que talvez ela reservasse apenas para ele toda a sua maldade? Mas por que precisamente para ele? Milhares de pensamentos batiam com força à porta do seu espírito, pedindo entrada. Mas, nesse momento, ele não queria ouvi-los, apenas queria contemplar aquela graciosa e vivaz senhorita que, se não fosse senhora Wyss, estaria apodrecendo no túmulo. E quando a senhorita Planita se levantou, Viktor ofereceu-se para acompanhá-la para poder continuar contemplando durante mais algum tempo aquela maravilhosa criatura.

– Poderia acompanhar a senhorita até a sua casa, senhorita Lázaro[10]? – ele perguntou.

Ela sorriu.

– Sim, senhorita Lázaro, é conveniente chamar-me assim.

– Oh, já não estou mais preocupada com o nosso Viktor – disse a senhora Richard, em tom de brincadeira –, pois quem pode acompanhar uma linda donzela significa que está bem outra vez.

Após ter se despedido da senhorita Lázaro, Viktor continuou imerso em seus pensamentos: "Se eu estivesse a ponto de me afogar, ela nunca teria me estendido a mão! Oh, não! Ela teria atirado pedras na minha cabeça! Mas espere! Quem vem lá? Quase teria acreditado... mas é ela: Pseuda em pessoa! Pelo visto totalmente saudável e alegre, sem nem ao menos as bochechas cobertas de algodão". Agora isso é estranho, dá o que pensar: será que talvez o sacrifício dos dois dentes dele tenha suavizado o tormento dela? Que bobagem, mas, de qual-

10 | Uma referência à ressurreição de Lázaro. (N. da T.)

quer forma, não era de todo impossível. Consciente do sacrifício meritório, Viktor caminhou na direção dela um pouco mais confiante do que de costume, quase esperando uma palavrinha de agradecimento. Contudo, Pseuda ficou olhando para ele fixamente, estranha, como se não o reconhecesse, virou para o lado e começou a observar, atenta, um pouco encolhida, um chapéu que estava na vitrine de loja de moda, até que Viktor tivesse passado.

"Muito bem! Continue assim! Agora nem sequer me cumprimenta! Era só o que me faltava!" E estendendo o braço com majestoso desprezo: "Aqui a senhora o tem, assim são os seres humanos! Enquanto você passa uma noite em claro por causa dela, incapaz de dormir, ela lhe nega um cumprimento!". E o comportamento dela lhe pareceu tão vil que ele o tirou da cabeça com elevada indiferença. Mas tinha sido algo revoltante. E a indignação continuou posteriormente perturbando sua alma, com mais força a cada passo, entre pensamentos amargos, tanto que começou a lhe fazer mal, como se cravassem uma faca na sua fúria. Decididamente era assim: todo o mal para ele, todo o bem para os outros. De qualquer modo, se pensarmos: é necessária uma perversidade insondável para atirar pedras em alguém que está se afogando! E o pensamento ruim o sufocava sem cessar. Mas o que era assim quase diabólico: justamente hoje ela estava mais bonita do que nunca, sobretudo desde que ele soube da história da senhorita Lázaro.

De repente, um ponto questionável emergiu dentre as imagens da sua lembrança: "Será que ela não sorriu discretamente para você por trás dos olhos, quando ficou olhando fixamente, estranha? O olhar dela me pareceu suspeito".

Durante o dia inteiro, Viktor não conseguiu chegar a nenhuma opinião concreta a respeito do assunto. Mas quando a cabeça de Pseuda voltou a aparecer-lhe de noite (certamente mais brilhante do que nunca) no quarto escuro como de hábito, então não teve mais dúvidas, via tudo com clareza: ela sorriu com astúcia por trás do olhar.

Por isso, a sua raiva ferveu. "O que significa esse sorriso?", gritou, ameaçador. "O sorriso é uma linguagem ambígua, eu exijo uma explicação honesta. Pseuda, ordeno-lhe que me diga por que razão você está sorrindo para mim tão perfidamente."

Em lugar de uma resposta, apareceu no meio do sorriso pérfido um ponto irônico que ia crescendo cada vez mais.

Ao vê-lo, Viktor soltou um grito de raiva: "Fêmea maldosa! Não seja irônica! Já não basta perseguir-me com o seu ódio venenoso, todo dia e toda hora, sem trégua nem piedade, jogando-me pedras enquanto estou me afogando? Mas não seja irônica, entendeu? Não seja irônica, eu a proíbo". Contudo, o ponto irônico continuou ali como se ele não tivesse dito nada.

Então uma triunfante bandeira de vitória sobre o iluminado rosto irônico, movida por uma mão invisível, apareceu.

"Que triunfo comemora?", gritou. "Que tipo de vitória conseguiu sobre mim? Eu não saberia dizer qual! Assim, por favor, em nome do bom gosto, abaixe essa ingênua bandeira da vitória!"

Mas foi como se não tivesse dito nada. A bandeirinha da vitória continuou erguida, e seguiu-se uma nova maldade: o sorriso irônico dos olhos foi se deslocando para baixo, na direção do canto da boca, e se distorcia em uma descarada careta sarcástica. E a careta foi adquirindo cada vez mais uma expressão diabólica. Finalmente, o rosto humano transformou-se em uma máscara demoníaca com chifres e bico, uma espécie de pássaro infernal irônico que, ao mesmo tempo, ostentava os lindos traços de Pseuda.

No entanto, isso foi demais para o espírito claro de Viktor. "Fora daqui, fantasma!", exclamou, golpeando-o. Então o fantasma se partiu em dois e escapou em todas as direções. Mas devagar, todas as peças começaram a voltar, de um lado a bandeirola da vitória, de outro o pássaro infernal irônico com chifres e bico, e de um terceiro o lindo rosto humano de Pseuda. E a partir de então, as diversas partes permaneceram separadas. Em lugar de um só fantasma, agora havia três. Então foi assaltado por uma angústia pálida. "Viktor, o que é isso? Você está ficando louco?" Com o espírito afiado, provou a sua sanidade. "Qual é a característica da loucura? Que não se vejam fantasmas como imagens da fantasia, mas confundidos com a realidade. Está fazendo isso?"

"Acho que não. Sei muito bem que eu apenas tenho diante de mim um espectro de fantasia, só que não consigo afastar o espectro com minha vontade, porque eu também estou acometido de uma fantasia muito poderosa."

"Então deixe que a fantasia faça das suas e não se preocupe com isso." E, tranquilo, deitou-se para dormir.

Na manhã seguinte, quando Viktor abriu os olhos no quarto escuro como a noite e, com o paulatino despertar da consciência, a lembrança foi começando a manifestar-se através de uma névoa de pensamentos, percebeu de novo todos os espectros: a triunfante bandeira da vitória, o pássaro infernal com a sua careta de escárnio e a linda e humana Pseuda.

"Mas será que isso vai continuar assim?" E continuou. Toda a sua existência, segundo a segundo, transformou-se então em uma batalha com a fantasia, na correção do fantasma, no temeroso cuidado de não confundir o espectro com a realidade. Um trabalho cansativo e terrível que não deixava espaço a nenhum outro pensamento. E o mais desesperador de tudo: o trabalho era, ao mesmo tempo, necessário e em vão. Necessário para escapar da loucura; em vão porque o que se tinha alcançado em uma hora com infinito esforço, destruía-se na seguinte. Como se nada tivesse acontecido. De manhã até a noite, esse trio infernal estava sempre flutuando a seu redor, sem compaixão nem descanso. E, no lugar de desaparecer, crescia de maneira gigantesca, até monstruosa. Na escuridão, o trio se mostrava de todos os lados do quarto, durante o dia, da janela, dos telhados, das colinas, de todas as partes.

Viktor não ficou louco, mas delirante. Ocorria de sair correndo gritando de raiva pelos bosques ou mostrar, de repente, os dentes de modo selvagem a alguém com quem estava conversando tranquilamente, pois vira o fantasma infernal entre ambos. E na sua alma, ao redor da sua consciência, transbordava sem parar uma corrente negra com manchas vermelhas, como se uma tinta sanguinolenta jorrasse de uma ferida.

Uma noite, ele sucumbiu ao cansaço: "Eu simplesmente não posso mais, não sei mais o que fazer".

Então, sentiu como se avistasse, do seu lado, um homem bonito, colocando a mão sobre os ombros de Viktor. "Viktor", disse o homem bonito, e nada mais.

Viktor olhou para o homem bonito preocupado, depois baixou a fronte, apoiando nas mãos: "Quero ser bom", murmurou finalmente, "é a única coisa que ainda compreendo".

"Sim, seja bom", disse o homem bonito, consolando-o, "todo o resto, loucura ou não, é no final secundário".

Após essas palavras, a corrente negra com a tinta sanguinolenta da ferida secou. Os fantasmas, ao contrário, permaneceram ali tal como antes.

Isso foi numa quinta-feira. No sábado pela manhã, Viktor a viu em carne e osso na rua, andando à sua frente a pouca distância, separada dele por outras pessoas. "Ah, finalmente eu a tenho!", disse Viktor, suspirando ao mesmo tempo em que apertava o passo para segui-la, como um lobo voraz. E como se visse os olhos do homem bonito fixos nele, pensou: "Não se preocupe! Nem uma palavra mordaz, nem um comentário inconveniente, quero apenas olhar nos olhos do inimigo pérfido que me persegue até no invisível".

Quando a alcançou, olhou-a fixamente, mudo de espanto. "Nada além disso?" Uma figura com limites lamentáveis, ridiculamente pequena, no máximo um metro e oitenta de altura, caminhava por aí. Nada além do que a própria pele, sem nenhum fantasma ao redor, nem dissimulação, nem monstruosidade. E esse chapéu cafona que colocara! Que desmascaramento mais deplorável!

Com isso, Viktor encontrara o talismã contra as diabólicas fantasmagorias dela. Bastava que ele a tivesse diante de si em pessoa para que os truques de magia acabassem. Claro que com a astúcia geralmente vem a covardia, ou seja, é provável que ela tivesse medo dele. Por isso, ele se dirigia, tão frequente quanto possível, à sua casa e a hipnotizava com os olhares ameaçadores, espiando seu rosto como o gato fica à espreita diante da ratoeira. "Não se atreve?" E deleitava-se da impotência dela. Na realidade, surpreendeu-se com o pensamento de que gostaria de ver como ela realizava o truque do espectro: transformar de repente uma cabeça de mulher em uma cabeça de pássaro, isso não se vê todos os dias. Para este propósito, ou seja, para surpreendê-la na mudança de rosto, ele a olhava de vez em quando com a rapidez de um raio, quando Pseuda menos esperava. Mas em vão: ela era mais rápida.

No entanto, ao perceberem que foram desmascarados e que tinham encontrado seu mestre, os fantasmas renunciaram ao jogo, apareceram ainda algumas poucas vezes, mas sem convicção, apenas para salvar a própria aparência. No fim, desapareceram por completo.

Isso poderia ter continuado assim ainda durante um tempo imprevisível.

Contudo, em uma noite, depois de Theuda ter cantado diversas canções indiferentes e inúteis para outro convidado, mas na ausência do lugar-tenente, ela quis cantar para este aquela canção que cantara para Viktor em outra ocasião, na parúsia. Ela o fez sem maldade, pois para ela aquela canção era apenas uma peça musical como outra qualquer. Mas Viktor, diante do sacrilégio iminente da sua propriedade mais sagrada, sentiu bramir uma dor enlouquecedora. "Manchar o ouro eterno da parúsia com um retoque vulgar! Mostrar o túmulo de Theuda, sua irmã, minha noiva, a um estranho! Insensível! Simplesmente para divertir-se e, ainda por cima, na minha presença! Isso é maldade satânica ou embrutecimento?" Além de lhe faltarem palavras e expressões, perdeu a voz em tal estado de suprema excitação. Com mudo terror, Viktor seguia com o olhar como ela procurava a partitura, a mesma de então, apenas um pouco amarelada nas margens, e passava as páginas indiferente sobre o piano. Quando ia começar a cantar, Viktor, dando um salto para a frente, conseguiu arrancar com grande esforço estas palavras:

– A senhora não vai cantar esta canção! – proibiu-a. Ele gostaria de ter suplicado que parasse, mas a dor e a indignação transformaram o pedido em uma ordem grosseira no caminho entre o coração e a boca.

Uma forte irritação enrubesceu a fronte dela.

– Gostaria de saber – respondeu, teimosa – quem se atreve a me proibir de cantar as canções que eu quiser?

– Eu – disse Viktor, gemendo.

Agora, sim, agora mesmo é que Theuda quis cantar a canção a despeito da arrogante proibição. Abriu a boca e cantou efetivamente a canção da parúsia. Inacreditável! Cantou-a sem piedade, durante um tempo infinito, desde a primeira até a última nota. E Viktor teve que permanecer sentado e suportá-la pacientemente. Encontrou forças para manter-se firme e não se mover. Mal terminara, carregou o olhar com ofensas apaixonadas, se levantou, se colocou diante dela e jogou no seu semblante todo o desprezo dos seus olhos.

– Pare! – disse Theuda com o olhar ameaçador. – Se o senhor deixar escapar apenas uma palavra desrespeitosa...

Não, isso não podia continuar assim, Viktor tinha que tomar uma decisão. E, curioso, embora em vão, perguntou ao seu pressentimento qual.

Para saudar a inesperada chegada da neve – embora ainda fosse outubro –, a Idealia programou uma excursão de trenó. No caminho de volta, pararam em uma estalagem no bosque. Quando Viktor, após um delicioso chá, retornou ao seu trenó, junto com os outros, o cocheiro, que o conduzira até ali junto com Pseuda e mais dois outros cavalheiros, disse-lhe apontando o chicote adiante:

– Sua mulher está sentada agora no trenó da frente.

Sendo assim, quem sabe talvez porque não parassem de brigar, o cocheiro pensou que Viktor e Pseuda fossem marido e mulher.

– Espere um momento – gritou Viktor, impetuoso. E tirou com pressa a carteira do bolso e colocou uma moeda de ouro na mão do cocheiro.

Este examinou a moeda à luz do farol e disse, admirado, quase em tom repreensível:

– Puxa, é ouro mesmo.

– É. Fique com ela.

– E por quê?

– Porque, dentre milhares de pessoas na cidade, o senhor é o único sensato.

Depois de dizer isso, Viktor sentou-se e não pronunciou mais nenhuma palavra durante todo o trajeto da volta. Contudo, assim que chegou em casa, inquiriu a razão: "Deixei-a um pouco de lado nos últimos tempos. Por favor, não me leve a mal e me ajude".

"De modo algum, nunca o levo a mal", retorquiu a razão. "Como posso ajudá-lo?"

"Alguma coisa me escapou com a excitação. Isso me parece um pouco suspeito. Diga-me sinceramente o que este incidente significa." E contou-lhe o episódio com a moeda de ouro.

"Bom, você realmente quer ouvir a verdade?"

"Só a verdade. Não mentir para si mesmo, isso não."

"Tudo bem, então sente e escute. Mas preste atenção para ver se não cometo nenhum erro. Começo então. Ao dar para esse homem uma moeda de ouro por haver considerado Pseuda sua mulher, você queria recompensá-lo por isso, não é verdade?"

"Evidentemente."

"E você querendo recompensá-lo demonstra que o erro dele era uma música suave para os seus ouvidos."

"Talvez."

"Não 'talvez', exijo uma resposta concreta. Sim ou não?"

"Por mim, então, sim."

"Não 'por mim sim', sem rodeios: sim ou não?"

"Sim."

"Bom, continuo. Se o simples equívoco de um terceiro e, além disso, de uma pessoa estranha e indiferente, de um cocheiro, que pensava que Pseuda fosse sua mulher, valia para você, pobre-diabo, uma moeda de ouro, isso quer dizer que você seria imensamente feliz se Pseuda fosse sua esposa de verdade." Viktor, então, se levantou de um salto, maldizendo e protestando furiosamente contra essa afirmação. A razão, por sua vez, observou, serena: "Bom, se você quer apenas ouvir o que gosta, então compre um lacaio. Passe bem, vou embora".

"Não, por favor, fique, não falei por mal. Ou seja, você acha realmente possível? Bobagem! Não se pode amar a quem pouco se estima."

"Ah! Nada mais corriqueiro do que isso. Amar a quem pouco se estima é o pão de cada dia do amor humano. De qualquer forma, não é verdade que você a estime pouco. Você gostaria, mas não consegue. E não consegue, porque a admira em segredo. E a admira porque não está cego nem é suficientemente injusto para não ter percebido as admiráveis qualidades dela. Mas por que tanto falatório? Me mostre algum erro no meu raciocínio."

Então Viktor se sentiu como quando alguém saudável descobre uma pequena e estranha erupção no lábio inferior, e um pensamento diabólico o assalta: "Tomara que não seja câncer!". "Mas e se for?" E prefere ir imediatamente ao médico para que ele faça troça da sua cara a valer, esboçando, porém, um gesto enigmático: "Ainda bem que o senhor veio a tempo, agora esta insignificante operação é apenas uma coisinha de nada".

Melancólico, Viktor fez um esforço desesperado de enfraquecer o diagnóstico: "Algo assim não aparece de repente. Deveriam existir outros sintomas antes".

"Mas eles estão aí", retrucou a razão. "Por exemplo, aquela noite na casa do doutor, quando você deslizou sorrateiramente para a sala de jantar, como um ladrão, para terminar de comer uma laranja que ela mordera."

"Uma infantilidade!"

"De acordo. Mas precisamente isso que você chama de infantilidade significa para mim um sintoma. Ou na casa do diretor, quando você ficou parado diante da porta aberta do quarto deles, lembra-se? E a criada perguntou-lhe: 'O senhor não se sente bem? Por que suspira? Aceita um copo d'água?'."

"Ora, mas realmente suspirei? Não me lembro de nada disso."

"Eu acredito, embora os suspiros, na maioria das vezes, sejam inconscientes, parece-me difícil que a criada tenha inventado. E também, naquela ocasião, quando chamou o limpador de chaminés de Pseuda, ele respondeu: 'Deve ser um engano, eu não me chamo Pseuda, mas August Hürlimann'."

"Prova apenas que sou distraído."

"Prova que você não é mais capaz de pensar em outra coisa a não ser na Pseuda. E o lenço que roubou dela para depois ajudá-la a procurá-lo como um hipócrita, por que o carrega sempre consigo no bolso? Aposto que neste exato momento ele está consigo... Ah, enrubesce? E aquele conto do vigário da dor de dente! E depois de tudo o que aconteceu, por que você se sente tão mal? Onde foi parar a sua alegria? Por que está fazendo essa cara de peixe içado e arrastado na terra seca? Por que briga com todo mundo e ralha como um general reumático? É porque falta algo para você. E o que falta se resume em uma palavra: Pseuda. Bom, agora tem a verdade pela qual perguntou."

Depois dessa conversa, Viktor permaneceu sentado durante horas, sem pensar em nada, aturdido com a descoberta desoladora. Mas animou-se de repente. "O orgulhoso cavaleiro deve vir", ordenou no mais fundo da sua alma.

Este apareceu à mão armada e com um leão atrás de si. "Aqui estou, o que ordena?"

"Perigo. Há um desertor entre nós, um miserável que, traindo o sagrado serviço a Imago, flerta com mulher indigna, com uma fêmea vulgar. Esteja em guarda, e o primeiro que você flagrar se atrevendo a cortejar uma tal Pseuda, mais conhecida como senhora Wyss, traga-o até mim."

"Entendido!", exclamou o orgulhoso cavaleiro saindo com passos pesados com seu leão. Logo depois apareceu o leão com um coelho desmaiado na bocarra. "Este é o pecador", rosnou, jogando o coelho no chão, dando meia-volta e indo embora.

"Eu sabia", disse Viktor, furioso, "naturalmente outra vez o coração, o ingênuo coelho, que me causa todas essas desgraças". E levantando o coelho pelas orelhas, deu-lhe um sermão: "Será que você, criatura simplória e sem cérebro, não percebe que está criando um inferno para si mesmo? Escute e aprenda os cinco mandamentos do amor dos loucos. São tão simples que até uma minhoca compreenderia.

"Primeiro mandamento: nenhuma mulher no mundo inteiro suporta que a amem primeiro. Antes ela deve amar primeiro você, almejando o seu amor recíproco como uma graça inaudita. 'Não posso compreender nem acreditar', é a ladainha. Senão ela o atormentará. Elas querem ser atormentadas, e se você não as atormenta, então você será atormentado. Para isso, não precisa ser malvada, simplesmente não consegue ser de outra forma, é uma lei natural. Sabe o que é uma lei natural? Algo que não pode ser mudado nem com chifres nem com garras. Compreendeu? Responda."

"*Quik*", guinchou o coelho.

"Sim, *quik*. Seria mais sensato que você seguisse essa lei. Segundo mandamento: o coração de uma mulher casada quer ser conquistado de baixo para cima, por meio do adultério. Mas eu não gosto disso, nem você. Sendo assim, o que acontece depois? Responda."

"*Quik*", foi a resposta.

"Terceiro mandamento: se tiver tido a oportunidade de se casar com uma mulher e tenha deixado de fazê-lo, não importa por que motivo, mesmo que este venha do sétimo céu, ela vai desprezá-lo por toda a vida. Quarto: no coração de uma esposa venturosa e de uma mãe feliz você não pode estimular o amor de um modo não natural, assim como a fome em um estômago satisfeito. Diga *quik*."

"*Quik*."

"Quinto: se uma mulher não consegue suportá-lo..."

"*Quik*."

"Pare com este estúpido *quik* até que eu tenha concluído a frase."

O coelho, que conseguira escapar das suas mãos, caiu no chão gritando de medo. "Ei, você!", gritou Viktor. "Tome cuidado, porque se voltar a fazer uma travessura dessas...!"

"Já mostrei para ele", sorriu, satisfeito, "o coelho não dará mais nenhum pio."

No entanto, para sentir-se completamente seguro, Viktor fez mais uma coisa: deu uma volta na Arca de Noé da sua alma, desde o andar mais alto até os porões do subconsciente, distribuindo conselhos e sabedoria por todos os lados. Apelou aos mais nobres animais em favor da sua autoestima e contou-lhes da sua fama futura e seus triunfos, em oposição ao triste papel de infeliz amante de uma tal senhora Wyss que poderiam desempenhar. Os bichinhos foram mimados com doces, lembrou-lhes antigos prazeres amorosos e prometeu-lhes outros ainda mais deliciosos, caso se comportassem bem, nem que fosse apenas por um instante. Finalmente, para terminar bem, deixou que o leão descesse as escadas rugindo.

"Estão todos convencidos?"

"Estamos convencidos."

"Ótimo, então comportem-se bem e cuidem uns dos outros."

Depois da inspeção, Viktor se acalmou. Era, contudo, apenas a calma da tensão violenta, enquanto o medo ainda paira sobre o equilíbrio tão duramente alcançado. Como um gigante que ampara uma abóboda com as costas contraídas, suportando a tão grande dor do esforço a ponto de duvidar se não teria sido melhor se o teto tivesse desabado imediatamente sobre ele a fim de que o sofrimento acabasse.

Em consequência da troca do dia pela noite, do cansaço e do pouco descanso, Viktor foi se recuperando aos poucos nas primeiras vinte e quatro horas. A tensão dolorosa enfraqueceu; a dor se tornou suportável; a consciência aturdida pelo perigo ficou mais insensível. Apenas um profundo desconforto anunciava uma desgraça ameaçadora, algo assim como quando alguém se pergunta: "Será que vou pegar tifo ou é apenas uma sensação?".

Os três dias seguintes transcorreram sem nada de preocupante. Ao contrário, Viktor tinha sido capaz de conversar de forma objetiva e serena com o lugar-tenente, o qual o avistara na rua e o arrastara até uma cervejaria, sobre a diferença entre o amor da época clássica e da atual, mais sentimental, e sobre as causas desta diferença, como se nada disso lhe dissesse respeito. Não, quem é capaz de fazer isso não está doente de amor. E, sorrindo, lembrou-se da frase que no calor da discussão com o lugar-tenente deixara escapar: "O fato é, e isso devo admitir, que com a propriedade, por exemplo, com o casamento, o amor real e verdadeiro se acaba em sentido poético". Ah! Ah! Lugar-tenente! Um paxá satisfeito esparramado no sofá e desprezando as delícias! Claro que, após refletir, tratara, arrependido, de recuperar a frase impensada. "Ou seja, bem entendido", corrigiu-se, "apenas o falso amor; o autêntico, o verdadeiro amor em sentido poético, ao contrário, se mantém no casamento, na realidade começa propriamente no casamento". Aliás, quanto agora o resto era estranhamente indiferente para ele: como, o que ou quem o lugar-tenente amava ou não! Decididamente, a razão o assustara sem fundamento nem causa. Era apenas uma lástima que, nessa ocasião, teve que prometer ao lugar-tenente ir jantar na sua casa na sexta-feira à noite. Anuíra simplesmente assim como se aceitam os convites em momentos de pressa: setenta e cinco por cento obrigado e vinte e cinco por cento coagido.

Mas na noite de quinta para sexta, sem que nada de especial tivesse ocorrido – Viktor trabalhara o dia inteiro e saíra para passear um pouco depois de jantar –, um sonho o traiu.

Sonhou que Pseuda andava saltitando pelo quarto, uma perna com meia e a outra sem. "Onde está a minha meia?", gritou, irritada. "Ajude-me a encontrá-la, seu preguiçoso! Ah! Esqueça! Sempre tenho que fazer tudo sozinha mesmo." Sentou-se no chão, tirou a meia e a jogou para cima. Então ambas as meias começaram a flutuar de modo vertiginoso dentro do quarto, como se fossem um moinho de vento. Em seguida, houve um momento confuso. De repente, ela estava junto da cama dele, com uma camisolinha de criança. "Arrume um cantinho para mim, seu folgado!", ordenou-lhe, empurrando-o contra a parede e deitando-se do seu lado. Espantado e arregalando os olhos, Viktor perguntou-lhe: "Mas você não é casada com o lugar-tenente?". "Eu? Com o lugar-tenente? Que ideia esquisita é essa? Isso, sim, seria uma boa história! Então teria que ir para cama com ele! Ufa!" Ele soltou então um suspiro do fundo do coração, como um condenado que recebe o indulto a caminho do cadafalso. "Será que isso é possível? Você seria real e verdadeiramente a minha mulher e não a do lugar-tenente? Meu Deus, não ouso acreditar! E se tudo não passasse apenas de um sonho?" "O que é que há hoje com você?", ralhou com indignação. "Se fosse apenas um sonho, nosso filho não estaria dormindo naquele berço, mas no do lugar-tenente. Isso é evidente!" "Oh, Pseuda, Pseuda, se soubesse o quão infinita e indizivelmente infeliz me senti quando sonhei que você era a mulher do lugar-tenente!" "Mas como se podem sonhar coisas assim tão simplórias?!", criticou-o. "E, ainda por cima, tão indecentes! Você deveria se envergonhar!" Empurrou-o com a perna e tapou a boca dele com a mão.

Quando acordou, tateou o papel de parede e percebeu que tudo era ao contrário: ele deitado sozinho na cama, e Pseuda lá, na do lugar-tenente. Teve então consciência de como eram as coisas ao redor, porque esse sonho – sentia isso com tristeza – não fora sem mais nem menos, mas criado pela melancolia da alma. Não se iludia mais: estava doente de amor, corpo e alma, até as fibras mais íntimas. E a quem tinha que amar? Oh, insulto da humilhação! A uma mulher que ele costumava tratar de cima para baixo, a uma estranha indiferente, chamada X, a uma mulher que o odiava. Ele, o prometido da sublime Imago. Agora já não podia mais sentir alegria por si mesmo, preferiria não continuar vivendo. Entristecido, girou a cabeça para a parede, tentando esquecer sentimentos e consciência. E cada vez que um pensamento passava pela sua cabeça, a vergonha o pressionava de novo, como se uma nuvem carregada de pedras pousasse sobre ele. Por fim, tinha que viver, e como a impaciência do seu corpo lhe anunciava saúde, não lhe restou mais nada a fazer, apenas levantar-se da cama e colocar-se de pé. Para ele, era indiferente envergonhar-se de pé ou deitado.

Ficou sentado ali o dia inteiro, desanimado e apático, com o espírito embotado, fitando a humilhação. De repente, de tarde, uma lembrança repugnante o sobressaltou: é sexta-feira, e ele prometera ao lugar-tenente ir jantar! Agora ir lá, nesse estado? À sua casa? Que pensamento odioso! Mas a promessa o cutucava ininterruptamente com o focinho, como o cachorro do açougueiro, no novilho. Não servia de nada, por isso se obrigou a ir à casa do diretor.

Que noite desoladora, abandonada por todos os bons espíritos! Nem sequer o esperavam! Percebeu isso assim que entrou, simplesmente era um estorvo.

Aliás, Viktor, com seu humor sepulcral, teria preferido qualquer outro lugar menos ali. Por sua vez, os outros também sentiam isso, o que não contribuía em nada para melhorar o ambiente. Além disso, teve que estragar o sarau musical de todos. Na realidade, totalmente contra a sua vontade, pois hoje não tinha vontade de atacar ninguém, inclusive faltavam-lhe as forças para, afundado na melancolia, suportar algo que o importunava apenas para agradar a outrem.

Quando viu Pseuda diante de si, fitando desconsolada o sarau musical arruinado, mas tão desconsolada que inclusive esqueceu de afrontá-lo por isso, sentiu pena do aspecto dela, e uma profunda compaixão se apossou dele. "Sabe, minha pobre Pseuda", jurou para si mesmo em silêncio, "vou poupá-la hoje, isso você entende, por favor, me perdoe, pois estou realmente triste demais".

Despediram-se antes da hora, decepcionados e descontentes.

Viktor esquecera o guarda-chuva e voltou para buscá-lo.

– Espere – disse a criada depois de ter-lhe entregue o guarda-chuva –, o gás acabou de ser desligado, já volto com a luz.

– Não é necessário – recusou, entrando no corredor.

Então, lá de cima, veio a voz de Pseuda advertindo-o:

– Tome cuidado, diante da porta há ainda três degraus.

O alerta o atingiu em cheio. Foi como se uma janela no céu se abrisse, e um raio de sol com milhares de anjos sorridentes e saltitantes chegasse voando ao seu coração. Como assim? Ele, a quem tanto odiava, e sem dúvida com toda razão; ele, que não parava de importuná-la, de irritá-la, de persegui-la; ele, que acabava de estragar vergonhosamente o seu pobre sarau hospitaleiro; ele, a quem ela alertava para que nada de ruim lhe acontecesse! Oh, nobre magnanimidade! Oh, imensurável bondade de coração! E você, pobre e cego diabo, foi capaz de desprezar essa majestosa mulher. Se existe alguém desprezível aqui, quem é, você ou ela? Você, miserável, porque é perverso, ela, porém, boa. "Tome cuidado", escutou? Isso foi o que ela disse, para você, com a voz dela. A frase ressoou no seu coração como um salmo de harpas e um coro de sinos. Ébrio de admiração, partiu de lá em estado febril, com passo cambaleante.

Em casa, na frente da porta, voltou-se em direção da casa dela e estendeu os braços: "Imago", gritou o nome. "Não, mais que Imago, pois a sua majestade se enobreceu com o patos da corporalidade. Theuda e Imago unidas em uma só pessoa." Em seguida, precipitando-se no seu quarto, reuniu a todos os povos da sua alma: "Meus filhos, uma notícia maravilhosa! Vocês podem amá-la, amar sem condições nem ressalvas, sem medida nem limites, quanto mais forte, quanto mais íntimo, melhor. Porque é nobre e boa".

Um grito estrepitoso de alegria brotou em agradecimento pela permissão. Toda a Arca de Noé dançava ao seu redor. E novos bandos, cuja existência desconhecia, surgiam lá do fundo, dando gritos de alegria. Tinham tochas na mão e coroas na cabeça. Sorrindo, Viktor contemplou a festa, feliz com ele mesmo pela sua permissão. Igual a um rei que, após muitos anos de dura resistência, aceita afinal uma Constituição e se vê arrebatado pelo agradecimento inesperado do seu povo. Então, em meio à multidão, viu atravessar com passo solene uma delegação, precedida pelo orgulhoso cavaleiro em traje branco de paz e com o leão sujeito na coleira. "Permita-me, Majestade, felicitá-lo por essa condescendente outorga em nome de todos os cavaleiros. Há muito tempo considerávamos essa solução como necessária e justa."

"E por que não me disse isso antes?"

"Como podia atrever-me em contradizer as ordens severas de Sua Majestade?"

Isso queria dizer que todos os orgulhosos cavaleiros não tinham nada contra o seu amor. Agora, Viktor sentia-se completamente seguro e firme, e a sua coragem reestabeleceu-se com liberdade e alegria. Oh, bendita redenção: poder amar a quem se deve amar!

O CONVERTIDO

Desde o momento em que Pseuda se transformou em Imago, aquela precisava aparecer-lhe envolta em uma luz divina, pois Imago era um ser transcendente de origem simbólica: a ilustre filha da sua Rigorosa Senhora, a santa cantora da mais abençoada hora da sua vida. O amor de Viktor nascera como uma religião. E, que milagre!, a divindade vivia próxima dele, visível e ao alcance da mão.

Naturalmente, sua fé foi difamada com um sorriso travesso. "Que loucura! Que ingenuidade! Que vergonha! A vulgar senhora Wyss, a presidente de honra da Idealia, de repente envolta na luz divina! Corra para o médico, Viktor! Providencie logo um leito para você no hospício!" E milhares de lembranças soltaram contra ele uma gritaria ensurdecedora: "Alto! Cuidado! Espere! Traremos provas irrefutáveis!". Mas, alguma vez, um crente se deixara confundir pela gritaria das provas? "Tome cuidado, diante da porta há ainda três degraus", seu coração gritava de júbilo. E uma onda de fervorosa devoção amorosa carregou toda a gentalha da sua consciência: lembranças, dúvidas, pensamentos e provas, toda essa quadrilha maldosa. Toda objeção expulsa com força, como um cachorro da igreja.

Sua proximidade! Montanhas e bosques, todo o horizonte ao redor iluminado pelo seu olhar; todas as ruas e os caminhos dessa cidade santificados pela sua passagem; os arredores, pela possibilidade das suas pegadas. Seus sentimentos de existência flutuavam nas nuvens; cada respiração sorvia um alento revelador; tudo germinava e florescia em torno dele; seu olhar percebia arabescos de cores; o ouvido, sons de órgão. O mais insignificante acontecimento exterior, o martelar de um ferreiro, a voz de uma criança, a gralha sobre a cerca tinham o efeito de um poema cósmico. A certeza sagrada da proximidade e imaginar a sua presença visível o povoavam com tanta riqueza, que nem sequer sentia a necessidade de vê-la, ao contrário, preferia adorá-la a partir de um esconderijo, próximo, mas ali na esquina.

No entanto, um pensamento insuportável interferia na sua devoção: o julgamento dela o condenava como antes, uma vez que, de modo algum, podia imaginar a conversão dele. Não suportava por mais tempo esse pensamento. Mas comunicar a conversão por escrito ou verbalmente à senhora Wyss em pessoa... isso nunca! Se o fizesse, teria que confessar-lhe o amor imediatamente, mas para isso era muito orgulhoso e também muito inteligente, pois como ela ainda não o amava – oh, nada menos que amar! –, uma declaração de amor o rebaixaria ao papel lamentável de um lânguido amante, e Viktor queria ser o devoto servidor, não um amante compadecido. Por sorte, não precisava dos rodeios de uma declaração qualquer. Conhecia um caminho melhor para chegar até ela, inclusive tanto mais direto quanto mais digno: o caminho da visão de alma para alma.

Então logo ordenou à alma: "Vá até a alma de Theuda, que é Imago, e diga-lhe o seguinte: 'esse indigno, vergonhosamente abatido pela cegueira, que a ofendia e a perseguia, está morto. Diante de você, apresenta-se um novo, um convertido, o qual, reconhecendo humildemente sua majestade e bondade, a cumprimenta, Imago, e honra com devoção o seu belo semblante como símbolo de divindade'. Diga-lhe isso e traga-me a resposta".

A resposta chegou: "Encontrei a alma dela apoiada em uma janela, orando ao alto e claro céu estrelado. Olhando para trás, deu-me a dura resposta: 'Sou uma mulher, o recato é o meu orgulho, a pureza, a minha honra. Fora daqui, infame, que sempre está insultando a mulher com brincadeiras insolentes! Antes de acreditar na sua conversão, faça penitência e reconheça o valor de uma mulher recatada'".

Depois dessa resposta, enviou-lhe mais uma vez a sua alma: "A penitência exigida já está cumprida, pois vi nos seus olhos: eles me castigavam. Contemplei a majestade da sua fronte: ela me amaldiçoava. Ouça o meu reconhecimento: abriu-se um templo, uma rainha-sacerdotisa surgiu, atrás dela mulheres terrenas, tanto as do presente quanto as do passado, tanto as reais quanto as criadas pelo desejo. Eu, contudo, vi, acreditei e reconheci o seguinte: 'Acredito na mulher casta e pura. Seu pensamento é canto, suas obras, dedicação e sacrifício; no semblante se reflete o brilho da divindade; das pegadas dos seus pés brotam majestade e nobreza. Ergue a mão e tudo o que é comum foge para as trevas; move-se e o sol se rejubila: oh, mulher, como você é bela! Então consoladora inclinou-se sobre um doente que estava à beira do caminho e exclamei: Sabedoria, cubra a sua cabeça, ajoelhem-se todas as virtudes, pois a misericórdia reina'. Vá e leve esta confissão até ela".

A resposta veio: "Encontrei a sua alma curvada sobre o berço do filho. Levantando o olhar me deu esta dura resposta: 'Sou uma filha fiel, entregue ao amor e à veneração dos meus. Vá embora, infame, que despreza o meu pai e ofende o meu irmão! Antes de acreditar na sua conversão, aprenda a respeitar o meu pai e reconcilie-se com o meu irmão'".

Por causa da resposta, Viktor começou a suspirar e a ressentir-se: "Não quero respeitar o pai nem me reconciliar com o irmão, pois são inimigos do espírito, adversários da verdade. Eu, no entanto, estou no meu direito de me sentir superior, aliás, muito superior a eles". E continuou resmungando e gemendo, ressentido. Então a razão lhe disse: "Posso falar uma coisa?".

"Fale."

"Um indivíduo só é superior a outro quando é valorizado pelas qualidades, e por mais duvidoso que o caráter de Kurt seja, enquanto tiver que o perdoar por alguma coisa, você o estará colocando acima de si. Não hesite! Aqui temos pena, tinta e papel. Escreva a Kurt umas linhas de arrependimento, assim ele cairá no esquecimento, e você estará livre de uma carga odiosa."

E o coração se insinuou: "Apesar de tudo, continuará sendo o irmão dela". E o orgulhoso cavaleiro advertiu: "Não custa nada para o capitão real da Rigorosa Senhora reconhecer um erro voluntariamente e repará-lo".

"Não posso, não quero," disse a cólera rangendo os dentes. Veja! Então apareceu no quarto uma mancha de cor azul-celeste que aumentava cada vez mais; sons de harpas surgiram; e uma voz exclamou através das harpas, a voz dela: "Tome cuidado, diante da porta há ainda três degraus".

"Imago", gritou o amor, "você majestosa, bondosa e nobre! Eu creio". E com uma pressa febril, escreveu a Kurt uma desculpa, breve e orgulhosa, também honesta e sincera, como se deve fazer sem esquivar-se das palavras devidas.

No dia seguinte, recebeu um cartão-postal sem assinatura escrito a lápis:

"Ruidoso voo dos galos do entusiasmo!

Filósofos, palhaços das universidades!!

A pomba chegou mais alto! Admirável!!!"

A senhora Keller, a quem mostrou o papelucho, decifrou o enigma. Tratava-se da letra de Kurt, e as citações estranhas eram frases de impacto de Viktor, as quais, pelo visto, tinham causado um enorme prazer em Kurt. Isso tudo significava uma espécie de documento de reconciliação.

– Original, não acha? Genial! – disse, entusiasmada.

"Não percebe agora, Viktor?", ponderou a razão. "Não se sente mais livre e leve? Peço-lhe que me responda." Viktor retorquiu: "Não só mais livre e leve, como também mais elevado e nobre".

"Então continue assim. A primeira metade já foi realizada, termine agora a segunda: aprenda a respeitar o pai dela."

Viktor disse então para si mesmo: "Era o pai dela, por isso a linguagem do seu rosto é parente da linguagem do rosto de Theuda. Bom, é possível aprender a respeitar o rosto dele". Saiu e comprou na livraria a gravura do estadista Neukomm para pendurá-la como modelo na parede. No entanto, ao observar mais de perto aquele perfil confiante e persuasivo, com um brilhante olhar vazio, o antigo sarcasmo o dominou de repente, de maneira que escondeu depressa a gravura debaixo de um monte de papel, pondo um maciço peso por cima para que o perfil por ventura não saísse de modo traiçoeiro.

"Apesar de tudo, permanecerá simplesmente o pai dela", implorou o coração. "Ele certamente tinha méritos, para que o busto de mármore esteja diante da prefeitura", disse a razão, convencendo-o. Então, Viktor levantou o peso de papel, segurou a gravura do estadista com respeito e pendurou-a, mas de costas com o rosto voltado para o papel de parede e a parte vazia de trás voltada para fora. E sempre que tentava virar o quadro, o escárnio afastava alegremente o respeito.

"Mas eu", reagiu Viktor, preocupado, "gostaria de obedecer o mandamento de Theuda, pois Theuda é Imago. Veja, o pai está no túmulo, e túmulo é algo sério. Vamos, quero me desfazer do escárnio junto ao seu túmulo". E no cemitério pediu que lhe apontassem o túmulo do estadista Neukomm. Ao chegar lá, uma voz vinda do chão o saudou: "Quem está procurando?".

"O espírito do estadista Neukomm."

"Aqui não há estadistas", retorquiu a voz, "nem espíritos com nomes. Quando eu ainda perambulava pela Terra, era um homem desamparado, como todos os homens, uma criatura sem poder, que nasceu, respirou, trabalhou e morreu como o resto das criaturas. Perdão para os que me fizeram mal, glória aos que me amaram. Duas pessoas fiéis, meus dois filhos, que se assemelham a mim, seguiram meu caixão chorando, santificando minha memória com a sua dor. Bendito aquele que os amar. Se você é um homem que caminha vivo pela Terra, envie-me notícias dos meus dois filhos".

Viktor então falou: "Seus filhos estão bem. São amados e admirados por todos, e aquele que está diante do seu túmulo quer ser um bom amigo dos dois". Ao dizer isso, a imagem de Kurt de repente mudou na sua lembrança e tornou-se delicada e graciosa.

A voz, por sua vez, continuou suspirando: "Porque você me trouxe notícias dos meus filhos, vou selar consigo um pacto de agradecimento. E por querer ser um bom amigo deles, um pacto de bendição".

Assim que Viktor chegou em casa, conseguiu virar o quadro na parede.

E de novo enviou a sua alma até a alma de Theuda: "O mandamento está cumprido. Reconciliei-me com o seu irmão e selei um pacto com o seu pai. Acredita agora na minha conversão?".

A resposta veio assim: "Encontrei a alma dela nas ameias da sua casa, contando as torres e as trincheiras da cidade. Olhando para baixo, deu-me esta dura resposta: 'Sou uma boa cidadã, apaixonada pelo meu povo e pela minha pátria. Vá embora daqui, infame, que zomba dos usos e costumes da sua pátria! Antes de acreditar na sua conversão, faça penitência e aprenda a viver em harmonia com seu povo'".

Ao ouvir essa resposta, Viktor espumou de raiva selvagem. "Mulher", gritou, "de fato é divina, mas pobre de espírito. Presta para deusa, não para deus. Não exija demais! Meu coração é seu. Aceite minha devoção, ilumine minha alma, mas minhas convicções, oh, mulher, não as desconsidere! Vá minha alma e diga-lhe isso".

A resposta chegou: "Tão certo quanto eu ser Theuda, a que se chama Imago. Não acreditarei na sua conversão até que sele paz e amizade com o seu povo".

Viktor ficou então violento, começou a esbravejar e a blasfemar a sua deusa, amaldiçoou-a e insultou-a com nomes de animais de pena e de chifres, como o bandido a Virgem quando o assalto ao correio não dá certo.

"Quando você se cansar dessas bobagens", observou a razão, "eu também quero dizer-lhe algo: entre nós, as exigências dela são absolutamente justas, pois você é um monstro político".

"Acredita nisso?"

"Não apenas acredito, como certamente é assim. Desde pequeno, um selvagem, e depois de ter vivido no exterior completamente indisciplinado. Anda pelas ruas da sua cidade como um índio em uma tarde livre passeando pela Oktoberfest. Isso é natural? Isso é suportável? Venha! Sente-se no escabelo, um pouco de patriotismo não pode fazer mal. Deus o sabe! Mas não tenha medo, apenas o necessário. Ninguém está pedindo que se torne o orador do festival de tiro ao alvo." Dito isso, insistiu para que Viktor se sentasse no escabelo e lhe falou sobre o "povo", como se sente, como trabalha, como sofre e se ocupa, descreveu-lhe as engrenagens da Constituição liberal, demonstrou-lhe as relações causais com o desenvolvimento das características pessoais e do caráter varonil e, finalmente, ensinou-lhe a compreender a política como uma subespécie do idealismo, "um idealismo mais árido, admito, mesmo assim um idealismo".

Viktor escutou com devoção a aula, primeiro queixando-se, depois mais solícito. De repente, levantou-se de um salto com os olhos brilhantes. "Quero estudar direito civil."

"Está vendo, logo você vai querer passar para o fosso oposto da cidade? Mesmo sem o direito civil pode-se ser também um bom cidadão." Mas Viktor reforçou, obstinado: "Tanto estudarei direito civil que vou ser um bom cidadão". Deixou de lado a razão, foi embora e providenciou o respectivo volume, pegando emprestado aqui e acolá livros constitucionais e histórias da cidade, quanto mais áridos, tanto melhor. Encomendou o diário oficial, acompanhou os discursos dos conselheiros municipais no jornal ("Algo empolado, meus senhores! Melhor assim, eu os considerarei como uma mortificação."), arrastou os pés por coleções de antiguidades e prostrou-se diante de muros e telhados de madeira em ruínas para deixar que o espírito dos antepassados fluísse sobre ele, observando, emocionado, todo camponês que ia ao mercado com um bezerro e pensando, preocupado, se enganaria os outros, uma vez que, cheio de emoções, considerava-os como irmãos no Estado.

Contudo, quando satisfeito enviou a Theuda o relatório do seu Adão democrático, obteve uma despedida inclemente. "Agir!", ordenara com rudeza. "Agir!", repetiu a indignação. "Que grosseira, que tosca dissera aquilo, quase uma cotovelada. Aliás, ela esquece que minha conversão se deve única e exclusivamente ao meu livre-arbítrio. Um simples levantar de ombros e cai no chão. Parece querer me domar com um chicote!"

Mas a hiena que já saltou três arcos, é capaz de saltar o quarto, mesmo que seja mostrando os dentes. Então, votou nas eleições seguintes.

– Escute, guarda-florestal, dê-me um bom conselho. Gostaria de cumprir os deveres de cidadão (ou não se diz assim?), mas infelizmente não conheço uma só alma política em todo mundo. Quem devo eleger?

– Bem, em primeiro lugar você precisa me dizer se é conservador ou liberal.

– Qual é a diferença?

– Isso não se pode explicar assim tão rápido.

– Qual dos dois está ligado à Igreja?

– Antes os conservadores.

– Então sou liberal.

E votou assim. Mas a alma de Theuda ainda não quis se contentar. Respondeu que aquilo não vinha de dentro.

"Como assim não vem de dentro?!", disse com fúria. "Vou mostrar-lhe o que vem de dentro." E uma terrível revolta contra a deusa se incendiou dentro dele, como aquelas que ocorrem dentro de uma jaula de bestas antes da refeição. "Quer se fazer passar por Numa Hawa?[11] Pois bem, então suporte eu escancarar com devoção a boca."

Um dia, no entanto (sem planejar, aconteceu por si mesmo, como um jato da montanha em erupção), Viktor, bufando de raiva, calou a boca de dois janotas que gozavam de uma tropa de soldados que passava por ali. Enquanto permaneceu ali aturdido, indeciso, sem saber se devia envergonhar-se daquele rugido antediluviano ou o que devia fazer de verdade, a alma de Theuda o saudou por sobre os ombros com um sorriso doce: "Isso sim, isso sim, Viktor, me apraz". E um mar de cor azul celeste o rodeou com incontáveis cabecinhas de Theuda acenando benevolentes.

Com isso, sua difícil penitência, por fim, foi ouvida e satisfeita.

Então, purificado e perdoado, fresco e alegre como a manhã, sentindo com força a sua pureza, Viktor escancarou a porta do coração: "Ânimo, coração! Eu que pensava ser sábio e você um coelho ingênuo! Que engano, o mundo ao revés!

11 | Famosa domadora de feras no século XIX. (N. da T.)

Era um bobo gozador, e você o mais sensato de todos nós, pois não apenas foi o único a compreender desde o início que ela é Imago, mas graças a você fiz a minha penitência e a minha conversão. Por isso, a partir de agora, não deverá mais ser o meu cãozinho desprezado, abandonado e maltratado, senão o guia e o comandante de todos nós. Ânimo, rei coração! Ordene e será feito, peça e será seu".

O coração exultou, regozijado: "Oh, liberdade! Vejam, me amordaçaram como a um pintassilgo roubado, mas agora, em compensação, quero amar, amar até acabar meu último sopro de alento".

Viktor anuiu: "Fica ao seu critério, mas saiba que Theuda é Imago, ou seja, majestosa e sublime. Se o seu amor estiver manchado por um desejo, então não se atreva a tocar o puro com um amor impuro".

O coração retrucou: "Aqui estou, aberto diante de você. Pegue uma tocha e acenda-a nos caminhos mais escondidos para me testar".

E Viktor fez o que lhe fora pedido e iluminou os caminhos mais escondidos do coração. Quando o teste terminou, exclamou: "Seu amor é submisso e carece de desejos. Então ame-a! Ame-a até que o seu último sopro de alento acabe".

O coração respirou fundo e disse com ansiedade: "Gostaria de ter com ela em segredo, morar na casa dela sem ser visto e viver a sua vida cada hora, cada segundo, desde o bom-dia, quando as janelas se abrem, até o boa-noite".

"Sim, faça-o", autorizou Viktor. E o coração fez como dissera e morou na casa dela sem ser visto desde a manhã até a noite, desde o bom-dia, quando Theuda abre as janelas, até o boa-noite depois de um dia cansativo. E quando ela se sentava para comer, o coração inclinava a cabeça: "Coma e seja feliz". Quando ela se preparava para sair, ele sussurrava: "Não vista o vestido de sempre, coloque o novo, o claro, o requintado, pois você é bonita e adorável, isso significa que onde passa é festa".

E o coração continuou respirando, ansioso: "Gostaria de entrar no coração dela, até a fonte dos sentimentos, e amar a partir do seu coração tudo o que ela ama, começando pelo marido e filho e terminando pela trepadeira florida na sua janela".

"Sim, faça-o", autorizou Viktor outra vez. E o coração fez o que dissera. Entrou no coração de Theuda até a fonte dos sentimentos, amou a partir do seu coração tudo o que ela amava e disse ao marido: "Irmão, você tem um amigo do qual nada sabe e um ajudante que nem sequer suspeita. Console-se. Aconteça o que acontecer no futuro, estarei aqui, estarei do seu lado". E disse ao filho: "Seus pezinhos cambaleam na incerteza, e os olhos sorriem na névoa e na distância, mas eu sei o que precisa ser feito e vou protegê-lo de todo passo em falso e de toda dor". E disse à trepadeira florida da janela: "Você precisa se empenhar em alegrá-la com cores e refrescar o humor dela com perfume, pois pense que as suas hastes se erguem para um quartinho muito especial".

E o coração voltou a respirar, ansioso: "Gostaria de transformar-me em uma bênção e envolver os seus passos como um bom espírito divino, encorajando-a quando se sente desanimada e afastando-a de toda desgraça que ronde à noite o seu umbral".

"Isso é justo e permitido", consentiu Viktor, "faça-o". E o coração fez o que dissera e se transformou em uma bênção. E beijou os olhos de Theuda à pálida luz da manhã: "O galo já acordou, levante e não tema, pois este dia é de alegria". E se ela se entristecia, ele dizia: "Engano! Não pode estar triste, pois é a alegria e a felicidade dos homens". E se a desgraça rondasse o umbral de noite, advertia: "Alto! Quem vem lá? Engana-se! Esta casa está imunizada, pois Theuda-Imago vive nela".

"Pois bem, meu coração", exclamou Viktor, "tudo o que seu amor ansiava, foi-lhe concedido. É o suficiente? Ou por acaso deseja algo mais?"

O coração respondeu-lhe: "Eu nunca me contenho, pois amor gera amor. Quanto mais amo a única, mais desejo amá-la. Veja, teci ao redor da sua forma atual a devoção e agora quero fazer o mesmo com a de antes, saudando com o meu vislumbre a sua aparição de então, tal como era, retrocedendo até os anos de menina na infância, e da infância até as origens para além-mundo, antes de começar o seu caminho pela terra, até onde a sua alma brotou. Mas isso não posso fazê-lo sozinho. Ordene a sua fantasia que me conduza até aquelas alturas".

"Sim", concedeu Viktor, "será feito". E ordenou à fantasia: "Você, passarinho livre e inútil que sempre semeia desordem e mágoa, enganando-me com rostos falsos para que eu cometa infinitas loucuras. Levante-se! Seja útil pelo menos uma vez. Escutou o que meu coração exige de você? Pois prepare as asas mais audaciosas e leve o meu vislumbre pelo mundo até os viveiros das almas".

A fantasia retrucou, resplandecente, com um sorriso fulgurante: "Isso é justamente o que sempre desejei, pois lá em cima sinto-me em casa". Dito isso, levou com asas audaciosas o vislumbre de Viktor pelo mundo todo até a incubadora das almas, envolta num crepúsculo de sonhos. Aí mesmo, seguindo a intuição do amor, adivinhou o caminho pelo qual Theuda desceu à Terra e tentou reviver sobre as pegadas dela a sua vida passada, evocando os primeiros anos terrenos com espírito poético, colhendo o reflexo do seu corpo jovem nas florestas locais, saudando as rochas que devem ter visto pela primeira vez os seus olhos espantados de menina. Por causa desse trabalho, novas paisagens de criação iam se abrindo com perspectivas de mundos distantes, com vislumbres de luz e traços de nuvens de outra espécie, e a sua alma estremecia. A realidade desaparecia, o tempo afundava sob seus pés.

Esgotado do excesso de maravilhas distantes, seu fraco cérebro humano falhou, e o espírito, cansado de viajar, arrefeceu. "Chega! Piedade! É demais!" Mas a fantasia furiosa bateu as asas. "Não alcancei essas alturas em vão. Aqui está o ar em que vivo, por aqui quero dar voltas. Você queria sentir a origem da alma dela, suporte também a coroação desta alma." Descrevendo círculos muito altos e a despeito da súplica e da resistência dele, a fantasia mostrou para Viktor, que tremia, um rosto do futuro, indesejado e importuno, mas indelével.

Ele viu um jovem ao lado de uma donzela, cuja alma dupla absorvera todas as almas do mundo, de maneira que, exceto aquele casal, nada vivo se movia naquele espaço sem fim. E esse jovem e essa virgem caminhavam juntos pelos campos celestiais e sussurravam e se olhavam com uma intimidade doce diante da qual o fragmentado amor individual terreno não representa mais do que uma macaquice indigna.

"O que tenho a ver com esses jovens?", o coração de Viktor interrompeu, irritado. Veja, a donzela de todas as almas tinha o semblante de Imago.

Desse modo, Viktor divertiu-se com seu amor recém-nascido. O coração brincava com a mudança física de Theuda, a fantasia trouxe-lhe a luminosa figura de Imago vinda das alturas, das nuvens. Chamou de amor o seu trabalho, e de bênção o seu descanso. Como sentia o amor tão puro e bonito, sem desejo algum, apenas no serviço devoto a Deus, e como a fantasia não cessava de trazer-lhe revelações, pobremente amontoadas em feixes, finalmente a felicidade brotou. Já não lhe bastava, portanto, respirar, tinha que cantar, às vezes em voz alta balbuciando gritos de alegria, às vezes em voz baixa cantarolando para si mesmo, às vezes alargando tons lânguidos. Quis também escrever algumas linhas num pedaço de papel de maneira torta com a mão frouxa e expressar nele seus gritos de alegria como se fosse um caderno de notas musicais. A beatitude do seu canto dispensava palavras.

– Incomodo? – ressoou a voz paternal do lugar-tenente. Depois de algumas frases introdutórias sem sentido algum, entabulou uma conversa científica, mas constrangido, com gesto inquieto, como quem quer esconder alguma coisa. Finalmente avançou, temeroso: – Como o senhor deve saber, no dia quatro de dezembro, a Idealia comemora aniversário de fundação. Compus para essa ocasião (como poderia dizer?, pode-se denominar prólogo) uns versos modestos, despretensiosos (jâmbicos de cinco pés com um anapesto cada um) em forma de diálogo, confrontando a cultura antiga e a moderna. Será que o senhor não poderia...? Pensei no senhor porque preciso para opositor um homem com formação acadêmica (evidentemente aparecem também citações gregas e latinas). Nesse caso, naturalmente, apenas se o senhor estiver de acordo, eu faria a parte da cultura antiga, e o senhor da moderna..., mas, como disse, o que o senhor escolher, supondo que tenha vontade e tempo para isso...

E como Viktor se declarara pronto a fazer qualquer coisa por qualquer cultura, o lugar-tenente respirou com alívio.

– Sim, e que eu não esqueça: minha esposa está muito contente com a sua reconciliação com o meu cunhado e pergunta por que não o vemos mais?

Por certo. Ocorrera-lhe que, com o fervor pelo serviço divino, esquecera-se completamente da divindade em si mesma. A necessidade de vê-la não se manifestara. Agora, naturalmente, advertido por ela, tinha que se resolver. Não só precisava vê-la, como o desejava.

Alguns dias depois, ao peregrinar em direção à rua Münster, sentiu-se com o ânimo de um pagão batizado que caminha a sua primeira comunhão: um passo medroso, outro confiante. Claro que não podia ocultar de si mesmo que ainda se aninhavam algumas traças no arminho da sua retidão. Porém, toda a sua conversão fora sincera, sua penitência profunda, seu amor puro e os deuses bondosos. Além do mais, tinha Kurt do seu lado.

Ela o recebeu, benévola (Obra de Kurt? Ou por acaso lia a devoção no seu rosto?), sem o menor eco da antiga hostilidade. Que maravilha! A lembrança das antigas divergências fora apagada com uma única pincelada. Informou-lhe a morte de uma parente distante, que falecera na noite anterior de forma inesperada, assim só de passagem, como algo secundário em meio aos preparativos para a festa da fundação. Enquanto lhe contava, algumas lágrimas escorreram pela bochecha dela. Ele as recolheu, adiantando a mão de maneira quase imperceptível, como se fossem água benta. Em seguida, falaram disso e daquilo. Por fim, ao se despedirem, ela lhe estendeu amavelmente a mão, pela primeira vez desde a parúsia.

A preocupação com o prólogo (cultura antiga e nova) o obrigou a frequentar mais a casa do lugar-tenente. Uma vez resolvidos os assuntos de negócios, Viktor ainda passava uns quinze minutos na casa deles, onde permanecia sentado em silêncio, com os olhos delicados de um tio que colocou a família no testamento sem que esta soubesse. Com isso, permitia ao amor o prazer de seguir os movimentos e gestos de Theuda, que pareciam novidades ao recém-convertido. E como agora podia contemplá-la em seu ser natural, tal como era no cotidiano, enquanto que, até esse momento, a vira apenas em posição defensiva, descobriu, com o coração feliz, muitos novos encantos junto aos antigos. Sim, o coração feliz, porque cada uma das virtudes dela justificava o amor idólatra, significava uma refutação de uma objeção à espreita. Então não precisava mais espantar as dúvidas. Pelo contrário, convidou-as para deleitar-se com o embaraço delas.

"Venham, reclamonas, espiem tudo o que quiserem, e se quiserem, coloquem os óculos: veem com quanta amabilidade ela trata os seus servidores? Não eram vocês mesmas que sempre afirmaram que o trato com os subordinados é onde se pode reconhecer com maior certeza se a essência de uma pessoa é boa ou má? Pois então reconheçam: ela é boa."

"Boa, com certeza, ela é."

"E agora voltemos ao mendigo, a quem dá esmolas de igual para igual e não de modo arrogante e indulgente. Confessem, pois, que é caridosa."

"Caridosa, sim, admitimos."

"Paciência, vocês ainda vão ter que admitir muito mais. Notaram que o rosto dela não esboça nenhum traço de inveja quando a beleza de outra mulher é exaltada? Assim também na sua alma não há espaço para o menor rastro de vaidade, de maneira que ela nem sequer percebe a reverência de homens estranhos, a minha incluída, ou quando a percebe, desconsidera-a, ou seja, sente-a muito mais como um incômodo. Não notaram que entre todas as pessoas as quais têm a honra da sua convivência, não há uma só que não tenha caráter íntegro? E a humildade, a lealdade ao dever, sua afeição à vida doméstica, a silenciosa entrega ao filho? Por favor, contestem-me tudo, se conseguirem."

"Ninguém contesta a sua quantidade de virtudes extraordinárias, apenas que você a vê como uma espécie de divindade."

"Chega! Nenhuma palavra mais! Quem ainda duvida, demonstra má vontade."

Apesar de tudo (ele gostaria de continuar se iludindo acerca da perfeição dela com o mesmo entusiasmo), a presença física de Theuda mais do que satisfazê-lo, perturbava-o. Não suas fraquezas humanas (sabia que ela era um ser humano e gostava que o fosse), ao contrário, Viktor percebia certo desleixo no seu aspecto físico, que nem sempre correspondia a seus desejos e necessidades. De vez em quando, pecava com um gesto inexpressivo, tinha uma postura descuidada, sem classe, um olhar pálido, em suma, não era sempre ela mesma, não era Imago ininterruptamente, de manhã até a noite, de modo que quase suspeitou de que ela não era em absoluto consciente da sua tarefa de representar o símbolo da fantasia. Ademais, um horror para a visão: seu vestido de casa tinha umas tirinhas de veludo preto costuradas em fila dupla, lá em baixo perto da barra e lá em cima junto ao pescoço, no decote. Não, Imago, em traje de uma corista de *O Franco-*

Atirador[12], como se cantasse a ária sobre a coroa da donzela. Seu olhar se horrorizava ao vê-lo, sua devoção se chocava com isso. Isto e outras coisas similares causaram então nos sentimentos um desassossego, o qual o levava a preferir estar sozinho com ela na fantasia.

Ao contrário, Viktor ia visitar de vez em quando os amigos e conhecidos dela, ou seja, os membros da Idealia, para ler em seus rostos familiares o reflexo de Theuda. E cada vez que, por acaso, o adorado nome era mencionado, a conversa sem graça reluzia como se uma varinha mágica cintilasse com uma estrelinha na ponta brilhando ardentemente. Mas ele não se atrevia a pronunciar esse nome com a própria boca, porque já enrubescia só de dizer rua Münster.

Numa dessas vezes encontrou com Kurt, que se apressou em na sua direção, radiante de alegria.

– Meretrizes de todas as artes que prostituem sua alma com qualquer farrapo oriundo de uma obra-prima! Horrível, detestável, mas famoso!

E meia hora depois, enquanto Viktor discordava do sermão moral do pastor e do lugar-tenente e afirmava que "uma religião que se ocupa da moral não é digna de que um homem

12 | Ópera de Karl Maria von Weber (1786-1826). *Der Freischütz* (1817-1820). (N. da T.)

honesto desperdice um só pensamento com ela", Kurt se aproximou dele e perguntou-lhe com cordialidade e modéstia:

– Quando poderíamos conversar a sós?

A partir desse momento, cada vez que Viktor e Kurt se encontravam em alguma reunião, sentavam-se um ao lado do outro.

A mudança edificante de caráter de Viktor não passou despercebida na Idealia. A guinada era notável demais. Ele que até então se apresentara com tanta arrogância, que se esforçava em ser insuportável com todos, que fugia tão logo a tampa do piano ainda que de longe se abria, que arruinava qualquer conversa com o sarcástico sorriso de superioridade, agora não apenas escutava com os olhos bem abertos as mais longas histórias familiares como, às vezes, se intrometia: "Não é possível!", "Não diga!", "De verdade?". Interessava-se pelo progresso das crianças na escola, perguntava se Gertrud pegara sarampo, se Mimi já tivera hepatite e se, pelo amor de Deus, lhe cantariam algo (pedido inclusive feito por livre e espontânea vontade). Em suma, de repente transformara-se em uma pessoa agradável, como que por milagre. Mas, sobretudo, o que mais causava sensação eram as suas atuais opiniões sensatas sobre o sagrado sexo feminino. Será que era o mesmo Viktor que pronunciava frases tais como: "De modo algum as mulheres levianas são as poéticas, mas, sim, as pudicas, pois a poesia da mulher se chama entrega, enquanto o nome da mulher leviana é o egoísmo". Ou: "A endiabrada mulher de moral mais mesquinha em matéria de falta de amor consegue ser superada por aquela que tem muitos homens". Ah, gosto disso! Isso parecia muito diferente! Infelizmente, um ou outro comentário lamentável voltava a arruinar a construção que os versos devotos ergueram. Após ter elogiado, por exemplo, a mulher virtuosa com uma ode que poderia ter sido composta para um coro de cinco vozes com orquestra, ainda acrescentou: "Mas, por favor, diga-me, o que posso fazer com uma mulher virtuosa?". E não era só isso. Ainda havia alguns probleminhas com a sua conversão. Contudo, a vontade de penitenciar-se era inegável e, assim sendo, não se pode esperar toda a perfeição de uma vez, não é verdade? Por isso, a esperança já sussurrava que talvez, com o tempo, Viktor pudesse participar do coro como tenor.

Entretanto, nesses tempos importantes, o que quer que Viktor dissesse, qualquer um repetiria! A festa da fundação da Idealia se aproximava, e a atmosfera do Advento se apoderava dos corações das pessoas. Finalmente, a grande semana se transformou em realidade inacreditável, mas inegável.

No dia anterior à festa, houve uma comemoração prévia entre alguns membros, incluindo Viktor (os demais praticamente só damas), em parte para aproveitar aquele agradável clima invernal tão pouco usual para a época (onze graus Celsius à sombra!), em parte pela própria incapacidade em ocupar-se com outra coisa. Decidiram reunir-se à tarde fora da cidade, em Waldegg, infelizmente sem a senhora Wyss, a qual não pôde ir por causa dos preparativos da festa. Após saborear um delicioso pedaço de bolo, o alegre grupinho se entreteve com alguns jogos ao ar livre, especialmente com a "cabra-cega": um, dois, três, já! E assim corriam de uma árvore para outra. O adestrado Viktor corria firme entre as idealianas como o lobo entre os cordeiros no Paraíso. No grupo que o dia ensolarado atraíra para Waldegg estava a senhora Steinbach, a qual contemplava o divertido acontecimento com um olhar estranho, como se estivesse vendo o milagre da Terça-feira Gorda. Viktor estava bastante envergonhado, esforçando-se para colocar os troncos mais corpulentos possíveis entre ele e o inquiridor olhar. Acontece que a vergonha não tem importância quando a pessoa se sente bem com a coisa da qual se envergonha. E por isso, pouco a pouco, foi atrevendo-se a correr por entre as árvores cada vez com mais descaramento, com mais despreocupação diante dos sensatos olhos da amiga.

No dia da festa, às oito da noite na sala do museu, a programação cuidadosamente ordenada e estudada começou a transcorrer de modo satisfatório. Primeiro, o prólogo entre o lugar-tenente e Viktor (cultura antiga e nova), no qual, como o pastor observou, brincando, a antiga se mostrava decididamente superior à nova, pois Viktor não conseguira aprender corretamente nem dez versos de cor em toda a sua vida. Na sequência, depois de várias canções, foi a vez da imponente peça de teatro de Kurt. Mas que consternação! Um urso tinha que passar entre as ninfas e os anciãos do mar, e só agora, no último instante, o farmacêutico Röthlin entregava a preciosa pele do urso, dizendo que lamentava, mas seu pai caíra doente de uma hora para outra, por isso precisava pegar o próximo trem imediatamente. Excitação geral. Apenas o próprio Kurt, o qual fora o primeiro a ser afetado, permaneceu admiravelmente tranquilo, consolando a todos e dizendo, um pouco forçado, que era possível ficar sem o urso, embora o incidente o aborrecesse. Então Viktor aproximou-se, sorridente:

– Não deve ser uma arte muito difícil, senhor Neukomm, grunhir um pouco. Se puder ajudá-lo... – E meteu-se na pele do urso acompanhado de aplausos. De fato, não grunhiu muito mal, apenas no limite que a sua voz fraca permitiu.

Para finalizar, veio um número misterioso. Quando as cortinas foram abertas, viu-se sobre o palco um bosque de flores com uma grande crisálida fulgurante entre as folhas, feita de papel dourado. A senhora Wyss, como presidente de honra da Idealia, cantou três estrofes, cujo texto fazia menção à metamorfose. Depois tocou a crisálida com uma varinha mágica. O invólucro se rompeu e surgiu não uma borboleta, mas a "criança ideal" ornada lindamente com flores e guirlandas e com duas anteninhas instáveis no cabelo. A dita criança ideal era uma jovem órfã bonita e inteligente que a senhora Wyss e a senhora Keller tomaram sob sua proteção e a estavam educando com recursos próprios. Com uma engraçada alusão à Idealia, batizaram-na como "criança ideal", a qual honrava o nome com notas excelentes na escola. Balançando as anteninhas, a criança ideal ciciou alguns versos de agradecimento, fez um par de elegantes mesuras e depois foi retirada do palco pelas damas para ser beijada e paparicada com presentes em segredo. Com isso, a parte solene da festa acabou, e um baile interminável de redenção começou, tendo a criança ideal como personagem principal, cujo ser ideal, claro, a despeito da sua juventude primaveril, não deixava de contemplar Kurt com olhar insinuante. Mas Viktor também se aproveitou dos privilégios como recompensa pela colaboração e ajuda prestativa. Bastava um casal passar por ele na pista de dança (pois estava sentado, não se sentia disposto a dançar) para lançar-lhe uma galanteria ou uma provocante alusão acerca do seu urso ou da sua cultura em diferentes níveis de espirituosidade, mas sempre em tom agradável. Sim, os piadistas conseguiram inclusive unir habilmente o urso e a cultura com um fio argumentativo como se este fosse um ousado laço arremessado ao ar: "Diria que o urso é mais adequado à cultura antiga que à moderna".

Ou: "No final, você pretendeu nos vender gato por lebre com a cultura moderna?".

Uma corrente de inocente afeto fluía na sua direção, de maneira que ele se envergonhou muito daquela imerecida amizade. E, inesperadamente, ternura e agradecimento começaram a jorrar da sua vergonha, os quais iam do coração até o povo bondoso e, finalmente, em um terceiro recuo, o enchiam de uma felicidade completamente nova, jamais sentida até então, a felicidade do sentimento de comunidade. Ele, o esquisitão mais incorrigível, aprendia a valorizar o companheirismo através da própria bênção dele. Oh, ironize, senhora Steinbach, com seus olhos sensatos! Certamente, eles não são a luz da história universal, mas pessoas boas, carinhosas, e isso é o que importa.

Paz por dentro, paz por fora, reconciliado consigo mesmo e com todo o mundo, Viktor não sabia em absoluto o que lhe acontecia e como suportava aquela harmonia a mil vozes. E quando, na manhã seguinte, recebeu uma cartinha – Será possível? Dela!! –, a primeira da sua vida, o excesso de felicidade até causou-lhe muita dor. Na realidade, a cartinha não dizia quase nada, ao menos nada para o coração, simplesmente rogava-lhe que perguntasse no museu se não encontraram o seu leque. Mas eram umas linhas da sua mão, e sobre elas escrevera "mui prezado senhor" e abaixo "sua Theuda Wyss". Embora repetisse para si mesmo que eram fórmulas vazias, mesmo assim ficou exaltado e inebriado a ponto de considerar louvável o título recebido de mui prezado senhor. Com a assinatura, ao contrário, levou a cabo uma pequena e ardilosa obra-prima: das três palavras "sua Theuda Wyss" recortou cuidadosamente com uma tesourinha de unha as duas primeiras, suprimindo a terceira. Percebe agora? Ela assina "sua Theuda", isso quer dizer minha Theuda, ou seja, ela reconhece que é minha. E guardou aquela declaração falsificada na caixinha do seu relógio de bolso. "Finalmente agora eu a tenho, por assim dizer, em meu poder", gritou o coração cheio de alegria.

Então a felicidade invadiu os nervos, de modo que poderia cometer alguma loucura por pura animação, só não sabia qual. Por enquanto colocou-se diante do espelho e começou a fazer caretas ou a imitar vozes animais e dialetos humanos, o que para ele era o cúmulo da alegria. De fato, já não sabia se estava bem ou mal de tão insuportavelmente feliz que se sentia.

Um dia, contudo, Viktor soube se tudo isso lhe fazia bem ou mal.

Ao ir visitar pela manhã a senhora Richard, esposa do médico, encontrara Theuda tão alegre quanto ele, contando piadas inocentes. Em suma, nesse dia "entendiam-se". Sendo assim, permaneceram sentados entretidos numa longa conversa acolhedora, sem perceber o tempo passar, como que encantados pelo amistoso espírito das horas.

Fascinado com o eco da harmonia, escapou-lhe já na rua uma pergunta infantil quando ela lhe estendeu a mão com o olhar benevolente para se despedir:

– A senhora não vem comigo?

– Claro que não – respondeu com uma risada –, espero que não.

– Aonde vai então?

– Que pergunta! Para casa ficar com meu marido e meu filho que aguardam famintos pelo almoço.

– E eu? Estou excluído?

– De jeito nenhum! Venha comigo. Meu marido se alegrará.

Não era sua! E Viktor começou a correr para casa tal qual um gato que acaba de levar um tiro. Não era sua! Logo ele que pensara que o seu amor era sem desejo! Como se fosse humanamente possível amar alguém sem almejar, no mínimo, sua presença constante. Não era sua! Pior ainda: pertencia a outro, a um estranho! Claro que há muito tempo sabia disso, mas hoje, pela primeira vez, também o sentia, pois o abandonara para ir ao encontro de outro. E chamava isso de "ir para casa!"

O gato, o qual acaba de levar um tiro, se enfia em qualquer lugar, levando consigo a bala e a ferida, que, a princípio, assustava mais do que doía, até finalmente começar a se manifestar. Que privilégio inaudito! Que desigualdade indigna! Dia após dia, ano após ano, o outro poderia viver com ela até o fim dos tempos, ele jamais. Nem um verão, nem um mês, nem sequer excepcionalmente um dia. Tudo para o outro, nada para ele. E não apenas viver com ela, mas... Fora daqui pensamento! Pois além de o outro ter tudo, ela ainda por cima o presenteia com a sua presença, o seu amor e a sua amizade. Se ele está triste, ela o consola; se está doente, aflige-se; se morre, a melancolia o segue até depois da morte; se ressuscita, o olhar o buscará ao acordar. Que valor tão sem igual tem esse pretensioso para que prêmio tão arrebatador lhe seja concedido? Não é apenas um homem? Ou será que por acaso possui mais qualidades e méritos do que todo o resto da humanidade?

Não há esperança! Nada vai mudar! Nem com artimanhas, nem com insistência, absolutamente nenhuma possibilidade no entorno. Ao contrário, cada hora que passa, tanto de dia quanto de noite, tanto com chuva quanto com sol, qualquer que fosse o conteúdo, uma coisa certamente cada uma delas fazia, uma igual a outra: aprofundar ainda mais o abismo entre Viktor e Theuda e estreitar os laços com o outro. O hábito, a compreensão, as lembranças em comum, a gratidão mútua, tudo isso não se reduz, ao contrário, aumenta, acumula-se. A criança que une a ambos demandará, com o tempo, ainda mais cuidados e participação, fazendo com que os pais se tornem ainda mais íntimos. Nem mesmo é certeza que continuará sendo filho único, logo terá um irmãozinho ou uma irmãzinha, por que não? Quem vai impedi-los?

Ah! Subestimara o poder do casamento ao considerá-lo uma espécie de lugar-tenência, pensando que se deixaria romper facilmente. Para o outro, para o lugar-tenente, o corpo, para ele, a alma! Por mais que enxergasse tudo nitidamente, a inexperiência deixara algo de lado, o principal: o mistério da carne, o poder animalesco dos instintos naturais, que faz a mãe mover céus e terra por uma sopa para o filho, que obriga a mulher a submeter o coração ao corpo e a pertencer com todas as suas forças ao homem que a marcou fisicamente e a transformou de donzela em mãe e mulher, condenada a amar esse homem, mesmo que o despreze. Boneca, bebê e papai: essas três palavras encerram o conteúdo da vida de uma mulher. Oh, tolos, que se preocupam se aquela que desejam por esposa os ama! Coragem! Riem do desprezo dela, arrastam-na até o altar, pois o casamento é mais forte do que o ódio, mais duradouro do que o amor.

Uma donzela se encaminha hesitante para a igreja de braço dado com aquele que odeia, como se fosse para o matadouro, pálida como um cadáver, a morte no coração, que pertence a outro. Pergunte-lhe após vinte anos: "Filhos, alegrem-se, papai volta amanhã para casa", "Tomara que não aconteça nada de mau com o papai!". Ao contrário, o outro, o que então fora amado com fervor, se morre, não receberá mais do que um suspiro quando a notícia chegar, quando muito, uma esforçada lagrimazinha reprimida, pois o que importa é o papai. Esse é o poder do casamento.

Não, não havia esperança. Combater um instinto natural? Uma loucura. Lutar contra as leis universais? Uma insensatez. A verdade lhe disse: "Condenado por toda a eternidade", e sua tristeza confessou: "É assim".

Então compreendeu que quem faz de um humano seu deus planta para si mesmo uma praga. São invejáveis os que possuem um deus supraterreno, sem importar de que tipo seja. Se furioso como Javé ou monstruoso como Moloch, pois nenhum deus de nenhuma religião é inexorável, nenhum condena ao inferno aquele que se aproxima dele cheio de amor, nenhum diz a quem está desesperado: "Não o conheço". E mesmo que algum deles fosse insensível como uma pedra, com certeza não seria mesquinho. Não há nenhum diretor Wyss entre si e qualquer deus, nenhum deles depende dos costumes de um Kurt, a Virgem dos cristãos não dá à luz um rebanho de crianças e esqueceria o Céu e a Terra por causa deles. Adorar um ser humano não é muito mais inteligente do que adorar um verme. Seu espírito percebia essas coisas com nitidez, mas a compreensão não cura a inflamação. Entendia que o veneno que dissolve o seu sangue em pus é apenas um desprezível grão de sujeira, e, apesar de tudo, o incêndio continuava consumindo-o.

Mas precisamente por isso, porque seu amor era religião, porque toda a vida do mundo assim como a pátria no rosto da mãe ressoava para ele no semblante simbólico Theuda-Imago, sentiu o sofrimento com maior dor nas partes mais nobres da alma. Todas as alusões e os significados, todas as luzes, os rostos e os poemas que vinham caminhando pela ponte, que une a realidade e o mundo dos espíritos, chegavam feridos, sangrando. Todo o seu sentimento vital adoecia de uma saudade nostálgica, saudades dela, saudades da pátria comum a todas as criaturas, saudades de si mesmo. Pois ele era ela, mas – oh, prodígio infernal do impossível! –, ela não era ele.

E como Viktor era um homem de espírito, uma vez mordido, era obrigado a querer saber que cobra o mordera. Sendo assim, tratou de conversar com a razão sobre o milagre da falta de amor, sabendo que o conhecimento não lhe adiantaria de nada, apenas como pensador não podia fazer outra coisa a não ser pensar. O tormento, porém, não dava descanso ao seu pensamento. Pelo contrário, obrigava-o a remoer. "Está acordado? Tem tempo? Pode resolver para mim o enigma de como é possível que uma pessoa a quem se dá o maior dos bens, o único consolo sobre a Terra, ou seja, o amor, não o recompense com um amor recíproco?"

A razão respondeu: "Junte tudo e compare: se ama o bom Deus, significa que Ele ama você também?". "Sem dúvida alguma." "Se ama o Papa, significa que ele ama você também?" "Mais ou menos." "Se ama a duquesa de Aragão e Castela, significa que ela ama você também?" "Dificilmente." "Se ama um caracol, significa que ele ama você também?" "Ele nem conseguiria." "Pois bem, este é o ponto. Quanto mais inferior é a alma, menos amor. O amor pressupõe plenitude de alma, a falta de amor revela embotamento. Ponto final."

"É bom saber de tudo isso com clareza, com exatidão, para compreender que é apenas a criação da sua fantasia que olha para você desde os olhinhos dessa mulherzinha. Estar condenado a desejar a essa mulherzinha como ao Santo Graal, a quem você se devota em excesso, por quem sente em excesso e na qual pensa em excesso; condenado a ansiar por ela como uma pessoa sedenta diante da fonte salvadora, como você explica isso?"

"Loucura, loucura, querido!", disse a razão rindo. "Mas continue com as suas loucuras em paz. Isso me diz que, em algum momento, alguma coisa racional surgirá de você."

Assim continuou conversando com a sua razão sobre o caso. Porém, o seu ânimo não melhorou nem um pouco, pelo contrário. Aconteceu a mesma coisa quando da dor de dente: quanto mais se pensa nela, mais dói. E mesmo quando se tenta não pensar a respeito, a dor obriga qualquer um a pensar nela. Mas onde Viktor ia pôr a salvo os pensamentos para que não se encontrassem com a dor? Embora fugissem rumo ao céu estrelado da religião, rumo ao radiante éter criador da poesia, sempre se chocava com a condenação, sempre se encontrava com esse rosto humano, amado e fatal, que o seguia por todas as partes para destruí-lo com o olhar bonito e frio aonde quer que fosse.

Oh, distraídos, que riem do sofrimento do amor não correspondido! Suponham que uma mãe visse o filho morto, o único filho, saindo do túmulo, adorável e bonito, iluminado pelo esplendor celestial. Gritando de ansiedade, ela se precipitaria na direção dele. O filho, contudo, se afastaria dela com um olhar estranho e exclamaria, torcendo os lábios com desprezo: "O que quer de mim?". Ririam então? Viktor se sentia dessa forma. O pedaço mais valioso de seu ser arrancado de si, andando por aí sozinho e negando-o. E isso lhe causava uma dor tão terrível e insuportável que às vezes pensava que não podia ser assim, simplesmente porque não podia suportá-lo.

Mas ele não era nenhum fracote, mas alguém inabalável e resistente. Por isso pediu ajuda à razão: "Olhe! As coisas estão assim. Tenho que viver, não posso suportá-lo. Que faço então?".

A razão respondeu-lhe: "Venha, quero mostrar-lhe algo" e o conduziu até a porta do matadouro. "Agora acho que poderá suportá-lo." Depois disso, de novo em casa, ela continuou falando: "Viu? Toda a arte consiste em não fazer nada funesto, melhor não fazer nada. Aperte os dentes ou grite, se quiser e não conseguir evitá-lo, mas não grite com as mãos. Tudo consiste em dominar as horas, quem domina as horas, domina o dia; quem domina o dia, domina o ano; sempre adiante, não fazer nada agora de pernicioso. Mas um homem – e você é um homem – domina as horas, supondo que seja são – e você é são –, trabalhando. Por isso, deixe que a dor faça aquilo que lhe aprouver, isso é assunto dela, pode fazê-lo sozinha. Quanto a você: trabalhe, já sabe em quê".

Ele sabia em quê. E como o trabalho era feito a serviço da sua Rigorosa Senhora, que é uma deusa muito poderosa, os espíritos malignos fugiram do alcance da sua respiração e foram esconder-se atrás das cortinas, de onde, de vez em quando, saíam correndo traiçoeiramente para dar-lhe uma rápida estocada e voltavam a esconder-se com a mesma rapidez.

Naturalmente, até mesmo o trabalho mais duro tem as suas pausas ou, simplesmente exausto, se esgota à noite. Em tais horas, os ataques eram mais numerosos e perigosos. Enquanto folheava com cuidado na biblioteca uma revista mensal, escrupulosamente catalogada por anos, retrocedeu de repente assustado como se uma cobra o tivesse mordido: um dos volumes trazia o ano da parúsia, de maneira que, a partir desse momento, evitou todo o contato com qualquer coleção de revistas.

Um dia, passeando pela rua, parou diante de uma loja de roupas femininas. Na vitrine, reluzia uma saia branca com botões verdes. Oh, ardente raio de sol da lembrança! Na parúsia, Theuda usava uma saia e um cinto brancos, costurada com linhas verdes e douradas.

E mais coisas parecidas aconteceram. Entre os objetos aparentemente mais inocentes surgiam escorpiões. Esse pente parece inocente, não é? E o estilete também, não? Perfídia vã e hipocrisia! Pois Viktor comprara esse pente duas semanas antes da parúsia! O estilete, no ano seguinte, durante a "festa irreal de casamento". E em cada ocasião gritava o coração atingido: "Não pode ser, não deve ser, é absolutamente impossível". "Blá-blá-blá!", a razão o advertia. "Nada de ilusões! É, portanto será possível." E a esperança suplicante se encolhia imediatamente.

De qualquer forma, lutando valentemente a cada instante, conseguia superar os dias: a maioria das vezes vitorioso, às vezes indeciso, nunca derrotado.

Ah! As noites! Nelas, a saudade da sua própria alma, reprimida durante o dia, mas de modo algum destruída, nem mesmo sequer dominada pelo trabalho, pela vontade ou pela razão, se elevava no sonho livremente, como uma coluna de vapor de um caldeirão fervendo depois de a tampa ter sido levantada! Nenhuma noite sem sonho, nenhum sonho sem noite. E o sonho infalivelmente o casava com ela, afirmando: "Eu sou a verdade, o oposto é engano e ilusão". E os sonhos não poetizavam isoladamente, representando cada qual um todo especial, hoje este sonho, amanhã outro. Não, o sonho de uma noite se referia aos sonhos das noites passadas como uma novela aos capítulos anteriores. Seus sonhos formavam uma corrente. Assim, Viktor levava uma vida dupla: de noite, carinhosamente unido a Theuda, iluminado pelo sorriso dela, envolvido em seu olhar amoroso, conversando com ela e acariciando-lhe, uma vida cheia de doce felicidade dourada; de dia, uma existência dolorosa e sem esperanças no tormento de uma condenação eterna. Oh, por que acordar? Para depois decepcionar-se! Para ver que o dia não consegue consolar a alegre loucura do sonho?

"Se fosse apenas isso", disse a fantasia, "poderíamos ajudá-lo logo". E um, dois, sem esperar consentimento, ajeitara a câmera escura e começara a representação: coisas impossíveis andando sobre pés de mentira, ainda assim coisas impossíveis, mas imagináveis, desconsiderando, nesse caso, os pés de mentira.

Uma humilde anciã apoiava-se na soleira da sua porta. Sua beleza murchando, seus amigos e admiradores se transformando em pó, os olhos apagados pedindo uma esmola de amor. "Agora que sou velha e feia, claro que você também já não me conhece", seu olhar reclamava.

Mas Viktor exclamou: "Theuda, minha noiva, você se esforça em vão para esconder a eterna juventude da sua beleza debaixo da máscara emprestada da velhice, pois, no fundo, revela o brilho da parúsia que reluz ao seu redor. Mas por que fica aí à soleira da porta com este olhar humilde? Olhe, ajoelho-me respeitoso diante da sua majestade".

Theuda respondeu-lhe: "Oh, milagre da graça! Hoje que sou velha e feia, apenas um coração me dá mais amor que todos os homens juntos em toda a minha vida".

"E então?", disse a fantasia, sorrindo. "Gosta disso?" E continuou a representação.

No leito de morte, Viktor a viu deformada pelo inchaço, abandonada pelo próximo, uma pessoa asquerosa. Mesmo assim aproximou-se com devoção, igual a um altar.

"Isso não é um belo quadro", ele repreendeu a fantasia.

"Não deve sê-lo, pois é tão belo que o seu amor supera justamente tudo, inclusive o asco. Mas espere, tenho algo mais." E continuou a representação.

Viktor viu uma mulher depravada, condenada pelo mundo, renegada, injuriada, entregue à bebida, rolando pelo chão embriagada.

"Eca!", censurou indignadamente, "Pare. Que ideia imperdoável, tão sem sentido! Ela, a pudica, a pura, a elevada!"

"Mas e se?", sussurrou a fantasia. "E se? Diga sinceramente, o que você faria nesse caso? Por acaso a colocaria na rua a patadas? Faria isso? Silencia? Está bem, agora sei o suficiente. A propósito, também tenho outras coisas em outro estilo. Talvez gostaria de um jogo de cartas transparente? Não? Que pena, não tem razão, pois neste jogo existem coisinhas muito bonitinhas. Prefere algo mais sério? Sim? Um momento."

E a fantasia a mostrou viúva, em traje de luto.

Então Viktor jogou a câmera escura com uma fúria repentina sobre a cabeça da fantasia. Apesar de tudo, como a sua própria fantasia se atrevia a oferecer-lhe tais pesadelos, se amava Theuda com tal loucura?

À luz de uma plenitude sufocante, toda a pessoa dela, corpo, amor e vida, marcava Viktor com o selo trágico da lembrança de ter sido colocada, tempos atrás, à mercê dos seus próprios critérios a troca do atual inferno pelo céu – diante do qual a sorte passeava de cima para baixo, esperando a permissão e a consideração de conseguir a afeição benévola de Theuda, a qual agora lhe aparecia como o inalcançável cume da graça.

A recordação passava perto do arrependimento, embora não o tocasse nem por um segundo. Ainda bem! Pois no momento em que se arrependesse, nada o salvaria do desespero. Não, não se arrependia, embora a nostalgia lhe arrancasse o coração a fórceps. Nem se sentia infeliz com os gritos mais tristes do coração. Algo parecido à glória brilhava ao redor da sua dor, semelhante à do mártir, cuja boca plange durante a tortura, cujos membros resistem ao verdugo, e que, ao mesmo tempo, reconhece alegre o seu Deus. Por causa disso, o seu sentimento se sublimou em paixão; a alma marchou de coturno; o espírito se agitou ritmicamente, o olhar, ao qual a dor trágica negava qualquer lágrima, se extasiou em tal grau, que um dia um oculista o parou na rua, implorando permissão para reconhecer tão surpreendente curiosidade.

Mas onde o êxtase vinga, cresce a tentação. E a hora da tentação também chegou para ele.

Nessa época, o diretor Wyss e a sua esposa comemoraram o aniversário do filhinho, o pequeno Kurt. Viktor considerou não faltar este dia por uma questão de bom-tom, embora já não frequentasse mais amiúde a casa de ninguém ("Que pessoa estranha! Quando achávamos que estava tudo bem, volta a comportar-se como um eremita!"). Representou-se uma obra alegórica, idealizada pelo outro Kurt, o tio e o padrinho do aniversariante (esse homem genial improvisava com uma facilidade que outros precisariam de semanas e meses para conseguir), na qual a mãe, isto é, a senhora Wyss, interpretava uma fada, recitando versinhos inúteis em um vestido branco com duas poderosas asas atrás, com os cachos negros soltos e uma coroa brilhante de lantejoulas douradas na cabeça. Durante a apresentação, diante da sublime aparição em traje celestial, o coração de Viktor se permitiu esta revoltante observação: "Olhe, tolo, o que você deixou escapar por medo do casamento". Em seguida, depois do fim da peça, Theuda continuou vestida com a roupa de fada, de modo que a deusa e a mulher de carne e osso, o papel e a realidade, se misturavam entre si. Por sua vez, a criança ia passando de colo em colo, iluminando o rosto da mãe afortunada com uma paz festiva, abençoando o lugar, a hora e a todos os presentes com a sua bondade e a sua graça. Então, o coração começou a bater de forma descompassada e irrefreável como nunca fizera antes em toda a sua vida:

"E ainda que todos os deuses do céu, todas as religiões da Terra, todas as obrigações, as grandezas e as sabedorias se juntassem para gritar para mim, eu diria claramente a todos: em todo o universo não existe valor que se compare à posse da pessoa amada, nem retribuição no céu ou na Terra que compense a perda dessa joia. Quem poderia ter obtido esse prêmio e o desprezou, mesmo tendo recebido a ordem de Deus todo-poderoso em pessoa, não é mártir nem herói, apenas um louco. É justo e razoável que a maldição da perdição o aniquile."

Viktor se apressou, então, em voltar para casa. No desespero, chamou a Rigorosa Senhora, do mesmo modo que o crente invoca o seu deus.

"Socorro!", gemeu. "Não consigo mais isso sozinho. Imago, a amiga, a sua filha, que você me prometeu, com quem me casou com juramentos solenes, unindo-nos eternamente, minha legítima noiva e esposa, não me conhece. Imago afasta de mim seu olhar. Oh, não entenda mal os gritos do meu coração atormentado! Nenhum arrependimento macula o palpitante desejo da minha alma que sangra. Se o tempo voltasse atrás, dando-me pela segunda vez a possibilidade de decidir, pela segunda vez renunciaria. Sim, eu o faria. Estou também disposto a sofrer e a sacrificar com melancolia, mas com fé e alegria. No entanto, por que tão cruel e desumanamente? Por acaso é um crime tão inaudito ser grande a ponto de ser castigado com forças sobre-humanas? Se é possível, suavize a sentença que me condena. Abra os olhos da sua filha para que não me negue inteiramente. Diga-lhe que me chame de nobre amigo, que me conceda ao menos um olhar de recordação, nem que seja apenas um. Inste-a, ordene-lhe. Se não é possível, ajude-me para que eu não sucumba."

Foi como se a sombra da Rigorosa Senhora flutuasse sobre o quarto. Fortalecido, Viktor levantou-se e sofreu tudo o que tinha para sofrer.

Os dias das festas de inverno finalmente chegaram – o Natal com o seu salto rápido e o Ano-Novo se arrastando lentamente. Evidentemente, Viktor manteve-se alheio a tudo, pois não era amigo nem de sentimentalismos familiares nem de ações humanitárias de calendário ("passam mugindo durante o ano todo, insensíveis uns aos outros, e esbravejam querido irmão na noite de Ano-Novo"). Na realidade, nesse momento, não precisava de nenhum círio natalino para saber o que era a melancolia.

Mesmo assim, como era um homem educado, não podia deixar de fazer as típicas visitas de cortesia na manhã de Ano-Novo. Fez um giro como devido e deixou para o final as visitas mais difíceis: ir à casa da senhora Steinbach e à do diretor Wyss.

Não se sentiu muito bem ao subir a escada da aconchegante casa da senhora Steinbach. "Sem indiretas", teve que dizer para si mesmo, "ou, pelo menos, sem olhares repreensíveis". Mas nada disso aconteceu. Ela o recebeu com espontânea amabilidade, como se Viktor tivesse estado ali ontem mesmo e não ausente por mais de três meses. Porém, parecia um pouco mais comedida do que antes.

– Na noite de Ano-Novo – disse-lhe com um sorriso –, estive dando uma olhada no seu futuro. O senhor sabe como: com chumbo derretido em água. Superstições, admito, mas quando o oráculo é favorável, é bom acreditar. E creio de verdade no que o oráculo me contou ao seu respeito. O senhor terá uma esposa adorável e fiel, modesta e abnegada, jovem e graciosa, ligada ao senhor de todo coração e que alegrará a sua vida. Além disso, alguns filhos amorosos, bons, curiosos e adoráveis, em suma, o senhor será feliz.

– Eu? Ser feliz? – repetiu Viktor tristemente.

– Sim, feliz. Tão feliz quanto um homem pode ser na Terra, embora o senhor não acredite nisso neste momento. Eu o sinto, sei, o senhor será feliz, pois tem talento para a felicidade. Sabe o que estou fazendo? Eu já amo a sua futura esposa mesmo sem conhecê-la. Não posso saber se chegarei a vivenciar tudo isso, espero que sim, seria o instante mais bonito da minha vida. Mas se o destino não o permitir, por favor, cumprimente cordialmente a sua adorável noiva da minha parte e diga-lhe que eu a abençoo por todo o bem e toda a ternura que ela ainda lhe dedicará.

"Sua esposa, sua noiva." Que palavras, que ideias! E invadido pela tristeza, continuou, transtornado, o caminho rumo à casa do diretor Wyss.

Viktor a encontrou na sala de recepções com a criança no colo, alegremente excitada com os dias de festa, os presentes e as visitas. De maneira cordial, um pouco negligente, ofereceu-lhe a mão com a típica saudação de Ano-Novo:

– Desejo-lhe saúde e muita felicidade no novo ano e tudo de bom.

Ela disse-lhe isso! *Ela* desejava-lhe felicidades! Vencido por uma súbita enxurrada de dor desconsoladora, abandonou a sala sem corresponder à saudação nem despedir-se ("decididamente este Viktor é um tipo estranho") e precipitou-se pelas ruas e pelos arredores da cidade – oh, a cidade infinita, os inumeráveis indivíduos, os olhares curiosos! – a fim de alcançar a floresta salvadora. Mas não chegou à floresta, pois quando lá longe vislumbrou a margem hospitaleira dos pinheiros, caiu no chão no meio da neve, vítima de soluços disparatados. Superar isso? Superar a vergonha? Impossível! Era igual a uma pessoa com arsênico no corpo que cai no meio da multidão e se retorce em convulsões, mesmo sabendo que não é conveniente, precisa soluçar. "Olhe, eu ainda estou aqui", seu corpo retrucou. "Este aí perdeu alguém", ouviu uma camponesa dizer compassiva ao passar por ele.

A partir desse momento, foi como se uma corrente de água tivesse descoberto uma brecha em um dique e lançasse suas ondas por ela. Agora a dor melancólica lhe inundava os olhos, agora só vivia com lágrimas ou com medo delas, pois, em ataques repentinos, a vontade de chorar o invadia sem aviso prévio. O menor estímulo já lhe era o suficiente: uma badalada de um sino, uma música, a visão de um caminho pelo qual

Theuda passara em alguma ocasião, a passagem de uma nuvem que lhe remetia à sua infância e à sua pátria, tudo isso era comparável ao mero zumbido de uma mosca, o qual é o suficiente para causar o tétano e suas convulsões. Oh, onde existe um lugar para o qual o homem possa fugir para chorar sem ser visto nem consolado? Por que o Estado não isola alguns lugares sagrados apenas para os tristes, longe dos curiosos? Se existem tantos direitos inúteis, por que não o direito de chorar?

Durante as pausas dos ataques, sentia-se com o ânimo amolecido como um convalescente, desejando ver rostos bondosos, porém estranhos, que ainda não lhe tivessem causado nenhum sofrimento, agradecido por uma saudação, por uma palavra indiferente, pelo simples fato de alguém passar ao lado sem causar-lhe dor. Por isso, evitava conhecidos e buscava aglomerações, como tabernas, pois fazia-lhe bem a visão do movimento popular, que não lhe importava, bem como o burburinho das conversas, que não lhe interessavam.

Claro que às vezes enganava-se nos cálculos, tanto que justamente onde procurava aldeões, tropeçava com um conhecido. Assim, em uma ocasião, o lugar-tenente apareceu de repente diante dele na cervejaria de Dreher. Instou-lhe a sentar-se do seu lado e lhe apresentou um desconhecido:

– Doutor Eduard Weber, professor de Ética.

Logo após o lugar-tenente pronunciar essas últimas palavras, Viktor teve um novo ataque de nervos, mas dessa vez na forma de um acesso de riso. Tão pungente e irresistível que Viktor não se conteve e irrompeu em gargalhadas no meio de toda aquela gente. E em vez de acalmar-se, o acesso de riso tornava-se cada vez mais forte. "E ainda por cima se chama Eduard." "E você viu esse harmônico rosto 'paz e amor no mundo'?" Não lhe restou alternativa a não ser fugir dali, rindo quase gritando, às gargalhadas, contagiando todo mundo que passava por ele com sua alegria. "Que tipo mais divertido!" No dia seguinte, arrependido, dispôs-se a expressar seu mais sincero pesar ao cavalheiro. Quando Viktor ia tocar a campainha, o acesso de riso voltou a dominá-lo, pois na placa constava a infeliz expressão "professor de Ética". Fugiu três vezes e obrigou-se a voltar sério e decidido também três vezes. Não adiantou nada. A fatal expressão mágica não lhe deixou passar do umbral.

E uma vez iniciado, acontecia-lhe a mesma coisa com os acessos de riso e com os de pranto: encontraram o caminho, por isso utilizavam-no. Os pretextos inúteis também pareciam apropriados aos acessos de riso. Via uma galinha bebendo água, levantando as pálpebras e movendo a cabeça para trás, resultado: uma sonora gargalhada. Lia um livro sobre três moleiros sentados em uma taberna e chorava de tanto rir, imaginando os três brancos de farinha um ao lado do outro!

"Ah, Konrad, como trata mal o seu Viktor!"

"Sim, mas e o que você tem exigido de mim há quatro meses?!"

Uma manhã, era um pouco antes das onze, um pensamento fulgurante passou diante dos seus olhos, subindo direto como um foguete. "Dado que a bondade faz tão bem ao seu coração, por que simplesmente não vai até Theuda, até a fonte da bondade? O médico que lhe causou tanta dor vai curá-lo. Não seja rebelde! O que o preocupa? De quem tem medo? Dela? As pessoas boas não fazem mal a outras. De você? Ah, meu Deus, agora você se tornou tão insignificante, tão despretensioso! Tente, não é nenhuma ousadia perigosa fazer uma visita a uma dama de quem se é amigo; você já fora aí muitas vezes sem que ela lhe mordesse. E por que não hoje ao invés de amanhã? Tem algum motivo para preferir amanhã?"

"Não, isso não. Hoje ou amanhã, tanto faz."

"Se quiser ir hoje, não hesite. É a melhor hora para as visitas."

"É um pensamento sensato, mas deixe-me ver se por dentro está tudo em equilíbrio para que Konrad não acabe me surpreendendo com seus malabarismos nervosos."

Verificou a si mesmo. Calma por todos os lados, no sangue e nos nervos, nada suspeito em lugar nenhum. Sendo assim, sem mais hesitar, foi à casa dela.

Theuda estava sentada sozinha no quarto em frente à mesa de costura. Viktor apenas a vislumbrou, e todos os objetos se iluminaram como se fossem contemplados através de um cristal por meio do qual começaram a balançar e a girar cada vez mais rápido. Logo não sabia de mais nada e, quando notou alguma coisa, já estava ajoelhado aos pés dela em um mar de lágrimas, beijando sua mão impetuosamente. Assustado, levantou-se depressa, profundamente envergonhado, disposto a ir embora imediatamente.

Mas ela o puxou pelo braço com misericórdia,

– Aonde vai com pressa? O que quer fazer?

Ele respondeu gemendo:

– Sei lá! Morrer de vergonha na caverna de alguma floresta.

– Não parta assim. Venha, vou lavar seus olhos. – Theuda o conduziu até o quarto de dormir. – Eu não sabia de nada – disse a voz suave –, não tinha a menor ideia de que a coisa fosse tão séria. Por acaso tive culpa nisso?

Viktor negou com a cabeça, incapaz de falar, deixando-se enxugar os olhos sem vontade, como se se tratasse de uma operação.

– Que humilhação! – gemia de vez em quando. – Que vergonha!

– Não é nenhuma vergonha amar alguém! – consolou-o. – Não se pode fazer nada para evitá-lo. Ou será que sou tão má para ser amada com vergonha?

Ele mordeu os lábios até ficarem rubros como sangue

Com isso tudo, a criança que estava no berço acordara, erguera-se e olhava curiosa ao redor. A mãe a tirou da cama.

– Olhe, aqui está um pobre homem que sofre muito. Mas ninguém fez mal a ele, ninguém lhe deseja mal, ele mesmo se faz mal porque imagina coisas na sua fantasia. Bem, o senhor me promete que não fará nada de precipitado? – advertiu-lhe ao se despedirem. – Se realmente gosta de mim, tem que prometê-lo. Peço, exijo. Melhor voltar a ver-nos. Queremos curá-lo. Quando o senhor me conhecer melhor, logo verá por si mesmo que não sou nenhuma preciosidade nem tão insubstituível como imagina.

"Revelei meu amor para ela!", lamentava-se a caminho de casa. "Isso significa: entregue a ela, indefeso! Em suma: tudo perdido! Comportei-me como um poético ajudante de botica, como um personagem de romance. Lágrimas, beijo de mão, ajoelhado diante dela, não faltou nenhum elemento do ridículo. Fui eu? Oh, Konrad! Konrad! E essa comiseração! Esse consolo bondoso! E agora o que vou fazer?"

"Nada", retorquiu a razão. "Apenas continuar são, todo o resto voltará a ajeitar-se com o tempo."

"Mas a humilhação, a degradação!!"

"Como se não houvesse maior degradação do que sucumbir ao amor!"

É possível que a razão estivesse correta. As coisas simplesmente aconteceram. Por isso deixou Konrad correr até onde quisesse. Por acaso ela não dissera? "Queremos curá-lo, volte para ver-nos!"

Para Viktor, não era uma questão obedecer ou não o seu pedido de regressar. Por acaso um doente, que recebeu um analgésico após dores insuportáveis, vai questionar-se se quer tomar o remédio outra vez ou não? Claro que existem graus de dor que nem o orgulho nem a vergonha alcançam, onde há apenas um pensamento: "Socorro!", seja lá com que meio ou através de quem. Viktor sentira as boas intenções nas palavras misericordiosas da voz amada. Que voz! Que palavras! Tocara-lhe no semblante com a própria mão, roçara-lhe a bochecha com o braço. Por que precisava refletir? O consolo, a cura e a vida estão aí, o resto do mundo é quinquilharia.

Na manhã seguinte, então, dirigiu-se para a casa dela, na posterior também e assim sucessivamente todos os dias pela manhã. Sempre a encontrava sozinha, em frente à mesa de costura e podia dizer-lhe que a amava. Oh, que alívio! Em lugar de chorar a dor longe dela na fria floresta de pinheiros, poder confessar-se a ela mesma, uma pessoa em carne e osso, deixar-se iluminar por seus belos olhos, compartilhar palavras e olhares gentis! E assim como se aclamam as lágrimas de uma criança com sopros e expressões insignificantes, suas palavras mais singelas lhe trouxeram consolo e alívio apenas com o simples tom da almejada voz, de modo que a vontade de chorar já desaparecera numa segunda visita, como se lhe tivessem arrancado o espinho da ferida. Cada vez que voltava, a inflamação dessa ferida diminuía. "Queremos curá-lo", Theuda dissera-lhe, e a coisa parecia ser de verdade.

De fato, Viktor tinha talento para a felicidade. Tanto que conseguiu inclusive sentir contentamento e grande alegria no privilégio de conviver a sós com ela todas as manhãs, demostrando-lhe o seu amor. Se nada lhe causava dor até um extremo insuportável, sempre se sentia feliz. E por que não deveria estar contente? Desfrutar da sua presença cheia de harmonia e paz durante uma hora por dia e estar ligado a Theuda mediante um segredo em comum, o segredo do seu amor, eram uma espécie de parúsia em um nível mais elevado. Que homem no mundo possuía tanto, além do próprio lugar-tenente, cujos direitos nunca tivera a intenção de desprezar? Já não se importava se ela o amava ou não. Nem sequer lhe interessava porque, sendo precoce, tivera a convicção desde tempos imemoriais de que a ventura ou a desventura dos homens não vem de fora, senão de dentro, e que a ilusão faz o mesmo serviço que a verdade, na maioria das vezes até melhor. Não precisava do amor dela, apenas da sua presença para que o seu coração sedento bebesse o olhar, a voz, os gestos e movimentos. Se com prazer tivesse aceitado antes o ódio e o desprezo dela, talvez a tivesse levado para casa e a trancafiado entre quatro paredes! "Mova-se, grite, xingue, maldiga, mas fique comigo!"

Sem ter que usar de violência, sem ter que raptá-la nem trancafiá-la, Viktor tinha agora, por meio do consentimento pacífico dela, um precioso pedacinho assegurado dessa cobiçada presença, o qual a própria Theuda lhe guardava e conservava cuidadosamente. Enquanto ele estava com ela, esta se desfazia bruscamente de qualquer incômodo e despachava rapidamente qualquer intruso, nem sequer deixava o irmão entrar. De maneira que, de certo modo, Viktor se sentia um pouco casado com ela. Um casamento secreto, com certeza, mas justamente por isso muito mais doce.

Aquela horinha especial de confiança foi gerando pouco a pouco entre eles um laço de camaradagem. O seu amor, agora evidente, não precisava se declarar a todo instante e resignou-se ao acompanhamento harmônico da linha inferior do pentagrama, dominando o ambiente, mas deixando espaço livre a outros diálogos e conversas, que ressoavam em tom agudo como notas contínuas segundo o humor e o prazer. Eles podiam conversar como irmão e irmã, ver revistas de arte, tocar o piano a quatro mãos ("achava que a senhora não tinha talento para a música!"); ou ela lhe contava dos seus anos de infância, discutia com ele sobre o futuro do filho e mostrava-lhe os quartos e as instalações da casa. Desenvolveram inclusive a naturalidade para gracejar um com o outro.

– Esta é então a mulher malvada que tantas dores causou – disse Viktor, rindo.

– Buuu! – ela ameaçou, fazendo cara de raiva e mostrando as unhas.

– Deixe-me ver, mostre-me – ele brincou de novo –, por favor, volte a olhar-me com a mesma hostilidade de antes.

– Não consigo mais – negou de maneira simples, verdadeira e boa.

Uma vez, quando Viktor rapidamente pegou do chão uma agulha que caíra da mão dela, esta o chamou de "senhor von Wolzogen". "Senhora von Stein", ele replicou fazendo uma reverência.[13]

---

13 | É um jogo de palavras que reflete bem o ambiente cortês dos salões da época de Goethe ao fazer referência direta a dois de seus membros mais frequentes: Charlotte von Stein e Friedrich von Wolzogen. Por outro lado, não deixa de ser curioso que sejam precisamente esses dois sobrenomes os escolhidos pelo o autor: "Wolzogen" significa bem-educado, e "von Stein", de pedra. (N. da T.)

Quando tocavam piano, se Viktor, mesmo sem querer, encostasse com malícia no seu dedo mindinho, Theuda lhe dava um tapinha na mão. Se pronunciava alguma palavra grosseira em uma conversa, o tapinha era no braço. Uma manhã, ela o surpreendeu dando um salto de pantera por trás e apertando-o fortemente.

– Hoje é dia do seu santo – explicou ao amigo perplexo.

Somente uma dúvida às vezes lhe causava certo desassossego: afinal de contas, onde fica nisso tudo nosso amigo, o lugar-tenente? Por que não o vejo nunca? Como conseguimos dia após dia estar a sós com tanta intimidade, embora, vez por outra, se escutem passos de uma bota lá em cima no estúdio e saia uma fumaça de tabaco pelas fendas como se fosse um oráculo admonitório? Aquela clandestinidade, que o coração saboreava docemente, não agradava em absoluto a consciência, mesmo que nada de mau acontecesse. Por outro lado, não podia bater na porta lá do estúdio e anunciar a sua presença: "Senhor diretor, sabe da novidade? Tenho a honra de amar respeitosamente a sua esposa, mas o senhor pode dormir tranquilo, pois somos inocentes como dois cordeiros pascais, um branco, o outro negro". Não, o gosto se indignava perante tal insinuação. Existem coisas, embora não sejam más, senão sublimes e nobres, que demandam segredo, porque seriam simplesmente profanadas se um terceiro as conhecesse. "Por fim, isso diz respeito a ela, não a mim. Ele é seu marido, não meu. Se a consciência dela suporta..."

Tudo isso durou algumas semanas. O comportamento dela mudou, ficou pouco claro, inconstante e contraditório. Nunca mais a encontrou como a deixara no dia anterior. No princípio, surpreendeu-se com as recaídas da antiga desconfiança dela. Com certeza eram os efeitos das insinuações permanentes, provavelmente de amigas, talvez também de invejosos ou ciumentos.

– Se não conseguir em tom maior, tente em tom menor – disse, mordaz, com olhar inteligente, sendo maliciosa sem motivo algum. Pelo menos nesse instante, estava propensa a considerar como um rebuscado lance de xadrez aquele louco tormento de amor, o qual o fizera se jogar aos seus pés.

Em outra ocasião, quando lhe falava do primeiro encontro deles, isto é, da parúsia, houve a seguinte conversa:

– Diga-me sinceramente: a senhora me amou naquela época ou não? – Viktor perguntou.

Ela negou com a cabeça.

– Eu o considerava falso.

– Como chegou a essa fantástica conclusão?

– Porque o senhor me bajulava em excesso.

– Nunca a bajulei, uma única vez disse apenas que a senhora era indescritivelmente bonita e que a venerava como um símbolo da divindade.

– Exatamente por isso: galanterias de mau gosto e vazias. Podem surtir efeito em daminhas da moda, vaidosas e sem substância, não em mim.

– E agora? – disse Viktor, risonho. – Continua a me considerar um falso, embora continue achando a senhora tão indescritivelmente bonita como antes e venerando-a hoje mais do que nunca como um símbolo da divindade?

– Hum! – retrucou em dúvida, olhando-o com desconfiança. – Às vezes sim, às vezes não.

Viktor compreendeu e se desculpou: mulher germana que não quer aceitar que um "libertino" possa ser capaz de um amor verdadeiro. Sim, Theuda ainda não acreditava nem na verdade nem na pureza do seu amor, percebia-se por vários aspectos do comportamento dela. Por exemplo, no meio de uma conversa, podia tirar a criança do berço, sentá-la sobre o colo e segurá-la como se fosse um escudo protetor. Ou quando Viktor chegava, colocava-se com os braços abertos diante da porta de modo a impedir-lhe a entrada. "Lobo, não entre no meu rebanho", diziam os olhos ameaçadores. Mas logo o deixava passar.

Outras vezes era Eva que se manifestava nela. Se Viktor ficava fora um dia, exigia motivos, pedia justificativa. Se se deixou apanhar numa conversa com outra dama na rua, ela o repreendia, aparentemente brincando, mas com a voz sensibilizada.

– O senhor também se casará, como todos os outros – afirmava em tom amargo, quase de desprezo, como se ele estivesse fazendo algo ofensivo, vil.

Eva podia também atormentá-lo. Por que não? Aproveite sua linda juventude, mais alguns anos, breves e fugazes! Ah, Deus! E então não poderá atormentar mais ninguém.

Nesse propósito inofensivo, Theuda lhe falava tão frequente quanto possível sobre o marido, naturalmente em tom mais inocente, e mostrava-lhe a fotografia mais recente. "Para o meu marido, feliz aniversário." Ou fantasiava acerca do futuro do "nosso" filho, quando "nós dois" ficarmos velhos.

– Que dois? – Viktor perguntava.

– Ora, meu marido e eu. Quem mais poderia ser?

Sem perceber, um terceiro se juntara à ligação especial entre eles: o filhinho dela, o pequeno Kurt. Será porque Viktor de vez em quando se envolvia com ele de maneira indulgente por amor à mãe? Ou, ao contrário, porque a princípio não levara em consideração esse ser supérfluo? O que quer que tenha sido, o pequeno ser cativara Viktor, indo até ele, oscilante, como em direção a um pai, mas um pai que não prega peças para educar, que nunca proíbe, que nunca se aborrece, que sempre olha com carinho. Quando os dois brincavam juntos, Viktor e o pequeno Kurt, a mãe se mantinha intencionalmente de lado, debruçada sobre o bordado. Ficava em silêncio durante um quarto de hora, envolta no esquecimento, às vezes olhando com um profundo suspiro. E cada vez que erguia a vista, os olhos refletiam uma luz interior, da alma. Ecoava como uma prece sobre o presente, como uma bênção sobre os três seres.

Inesperadamente, sem o menor motivo, Theuda o recebeu hostil certa manhã, quase de forma brutal.

– Quando o senhor parte? – soou a rude saudação.

– Por quê? Por acaso gostaria que eu partisse?

– Sim.

– A senhora me causa dor.

– O senhor também a mim.

– Eu...? À senhora?

– Sim. Na medida em que me diz coisas que não devo ouvir e que o senhor não deveria dizer.

– Eu também não gostaria de tê-las dito, mas fui obrigado a isso.

– Nunca se é obrigado a fazer o que não se deve.

– A natureza não conhece o verbo dever, este procede da gramática social dos homens. Aliás, se a senhora realmente deseja que parta, eu o farei. Basta uma palavra sua. Então, por favor, o que a senhora ordena? Quer que eu parta? Amanhã? Ou hoje mesmo?

Theuda o olhou sombriamente durante um momento. Em seguida, ficou inquieta, andou até a janela e voltou-lhe as costas. Ele, como que atraído por um imã, aproximou-se e tocou com cuidado um dedo da sua mão negligentemente pendente, a qual não se mexeu com o toque. Com isso, ambos os corpos estavam unidos, e uma espécie de corrente os percorreu de um extremo a outro, fazendo-a tremer e estremecer. Se não havia magia espiritual, com certeza havia a física.

Um pensamento cruzou a mente dele acompanhado de fanfarras e sinos: "Agora!", o pensamento o instigava. "Agora! Ou do contrário será um ridículo, um ridículo para sempre."

"Bem, sejamos ridículos", replicou com firmeza, soltando a mão dela.

Em seu interior, então, estalou uma sonora gargalhada irônica: "Herói das virtudes! Herói das virtudes!".

Olhando com desprezo por cima do ombro, Viktor respondeu: "Pedantes adúlteros!".

Um terreno perigoso! E caminhos sem objetivo! Aonde vai a cambaleante felicidade juvenil? Durará? Poderá durar? Perguntas inúteis. Em todo caso, a sua tarefa não era enganar a felicidade.

No dia da festa da Purificação da Virgem Maria[14], quando as pessoas saúdam os primeiros botões que nem sequer apareceram, Viktor pôs-se a caminho da casa de Theuda como de costume.

– Meu marido está no escritório. O senhor não gostaria de fazer-lhe companhia enquanto termino de arrumar as coisas?

Ele ficou perplexo. Que linguagem nova! Mandar-me ver o marido! Será que confessou? Uma confrontação? Bom, por mim, tudo bem. Sempre estou pronto a encarar qualquer um nos olhos.

A entrada no quartinho cheio de fumaça o acalmou. Nenhum juiz fuma tanto assim.

– Ah, seja bem-vindo – saudou o lugar-tenente com voz inocente. – Olhe, o livreiro acaba de enviar outra vez um desses filósofos misóginos. Por acaso o senhor não é um deles? Mas o que pensa realmente das mulheres?

Uma pergunta difícil! E tema capcioso! De qualquer forma, melhor tratá-lo nas asas bastante insensíveis da teoria do que de maneira pessoal. O debate jurídico sobre as mulheres seguia um curso pacífico, digno, com pensamentos ordenados,

14 | Dia dois de fevereiro, também conhecida como festa da Candelária ou das Candeias. (N. da T.)

opiniões ponderadas e confissões voluntárias de ambas as partes. Contudo, Viktor, no calor dos elogios à mulher, deixou escapar esta frase:

– Não conseguiria viver sem as mulheres.

Ao que o lugar-tenente retrucou secamente:

– Mas cada um com a sua, não é mesmo?

O que era aquilo? Uma advertência?

Após alguns rodeios, quando as fronteiras do horizonte feminino haviam sido demarcadas, e Viktor acabava precisamente de assinalar que julgamento tão vergonhoso se escondia por trás do fato de que todo mundo, inclusive as mulheres, considerava evidente que o papel de uma jovem em uma peça de teatro podia ser unicamente o do amor, a senhora Wyss abriu cuidadosamente a porta.

– Perdoem-me, meus senhores, se eu os interrompo na sua conversa erudita – sussurrou, titubeante –, mas não se assustem, desapareço em um instante.

Com essas palavras foi com passinhos miúdos e apressados até a estante, agachou-se graciosamente, vasculhou nos fólios, às vezes jogando para atrás os volumosos cachos, e de repente afastou-se com passo rápido e um livrinho na mãos.

– Bem, agora já estão liberados – disse, consolando-os, enquanto escapava pela porta dando saltinhos angustiados na ponta dos pés.

– De qualquer modo, elas representam bem o seu único papel – disse o lugar-tenente, com um sorriso furtivo –, tanto na vida como no palco.

Logo depois, um suave acorde ressoou ao piano, e a voz iluminou a casa. Ao escutá-lo, o coração de Viktor transbordou de alegria.

– Meu Deus! – suspirou – Que lindo, puro e nobre! – Inesperadamente, as lágrimas prorromperam dos olhos, de maneira que se levantou de um salto e pôs-se a distrair-se na estante.

– Não acho nem puro nem lindo como Theuda canta isto – retorquiu o lugar-tenente. – Ninguém deveria meter-se com uma peça que desconhece e não domina. – Dito isso, quis retomar, então, a conversa anterior. Mas Viktor estava tão encantado com o canto invisível que já não prestava atenção em mais nada. "Se pelo menos parasse de cantar! Quando ela canta, arranca o nosso coração do peito."

Finalmente, parou, e ele conseguiu despedir-se de maneira conveniente.

– Venha amanhã de tarde para tomar chá – Theuda pediu-lhe com insistência, enquanto sua mão tocava a dele. – Ninguém mais além do senhor e do meu marido, sem contar a minha própria insignificância, claro, a qual o senhor terá que suportar. E acrescentou sussurrando com ênfase: – Teremos chantili – informou-lhe em um tom como se o chantili fosse a atração principal. – Bom, até amanhã à tarde! – repetiu e ameaçou-o com o dedo. – Conto com isso.

E agora o quê? Será que o lugar-tenente notara algo ou não? Não sabia o que pensar daquele corpulento paxá. Por certo, seria melhor que tivesse notado algo (muito não é necessário), assim Viktor se livraria daquele penoso segredinho e, ao mesmo tempo, de uma desagradável confissão. Então tudo ficaria bem. Exatamente assim como imaginara há muito: um harmonioso casamento a três, no qual ele deixaria para o leal lugar-tenente o corpo de Imago e este, o coração e a alma de Imago em sinal de agradecimento. Assim, nenhum prejudicava o outro. As manhãs para ele, e o resto do tempo para o lugar-tenente. Verdadeiramente, este não poderia reclamar, pois Viktor, e não o senhor Wyss, sairia perdendo na partilha do tempo. Amanhã de tarde, então, o pacto tripartite seria fechado. "Diante de um prato cheio de chantili", disse um pensamento zombeteiro. "Bem, e por que o chantili não pode ser tão bom quanto o vinho? Ou por acaso é preciso veneno para se assinar um pacto sincero?" E com uma íntima felicidade comparou este chantili com aquele outro na casa da senhora Keller, quando a reencontrara há alguns meses. Um bom pedaço de caminho deixado para trás, não é mesmo, Viktor? Da desprezível indiferença do início até a profunda intimidade do coração atual! E isso que ainda estamos só no começo. Oh, que futuro jubiloso!

Pensando nisso, caminhava despreocupado pelas ruas da cidade, cantando baixinho para si mesmo e regendo com as mãos uma orquestra celestial.

Então encontrou a senhora Steinbach.

– Venha esta tarde à minha casa – pediu-lhe brevemente e com uma voz estranha. – Tenho que falar com o senhor.

Irritado, como que surpreendido por um aguaceiro frio, continuou o seu caminho, mas agora sem acompanhamento musical. "Tenho que falar com o senhor." Embora não adivinhasse nem de longe o que poderia ser, suspeitava algo incômodo para si, pois poucas vezes se trata de algo bom quando alguém "tem que falar" com o outro. Seja o que for, vou passar por cima como o pato sacode a água do corpo. A única que determina meu bem ou meu mal é Theuda-Imago, e com ela agora tudo vai muito bem.

– O senhor está se expondo ao ridículo – disse a senhora Steinbach ao recebê-lo séria e fria sem olhar no seu rosto.

Indignado, seu semblante se anuviou.

– Mas como?

– Por favor, não finja. O senhor sabe muito bem do que estou falando.

– Desculpe contradizê-la. Nunca finjo e não tenho a menor ideia do que a senhora está falando.

– Então vou dizer: o seu comportamento insensato e irresponsável na casa do diretor.

– Posso pedir-lhe que me explique o que a autoriza a denominar o meu comportamento de insensato e irresponsável?

– Bom, se não é insensato importunar uma mulher casada com efusão amorosa, a qual não precisa do seu amor, lhe é completamente indiferente e de quem o senhor no máximo poderá conseguir apenas as migalhas da compaixão. Se isso não for insensatez! E irresponsável ou, caso a expressão lhe pareça forte demais, devo dizer injusto que o senhor tente se meter, por sorte em vão, no meio de cônjuges honrados e fiéis.

Então Viktor enrubesceu ao mesmo tempo de vergonha e indignação. Como dói quando um terceiro sabe o que aconteceu entre duas pessoas! Enfurecido, replicou:

– Se sou ou não irresponsável, apenas devo satisfação ao senhor Wyss, se assim o desejar, mas tão somente a ele, a ninguém mais. Aqui, ao contrário, onde sou tachado de insensato e ridículo, permito-me observar que, na minha memória, tenho motivos que justifiquem a convicção de que a senhora Wyss me concede um pouco mais do que migalhas da sua compaixão e que não lhe sou assim tão indiferente como a senhora pretende lisonjeiramente supor.

A senhora Steinbach virou, então, o rosto na direção dele, aproximou-se um pouco mais e disse:

– Ah, pobre do senhor, jovem e ingênuo! Sim, ingênuo, apesar do seu espírito superior e do seu conhecimento do mundo e das pessoas. Oh, o senhor é realmente digno de pena se acha que porque uma mulher tolera as suas confissões de amor, isso demonstra as inclinações do coração dela? Claro que a senhora Wyss gosta de ouvi-lo. É natural! Não deixa de ser um pequeno triunfo. E esta apenas deixará escapar um ou outro flertezinho dentre dos limites do permitido. Talvez tenha ido um pouco longe demais com isso, não posso saber. Mas, neste caso, o que significa ir longe demais? Que preceito moral a impede de comportar-se como quiser com alguém que a perturba de um modo impertinente? O senhor não é parente dela. Ela não tem a menor obrigação de poupá-lo. Quem expõe uma mulher a uma situação constrangedora, terá também que aceitar o procedimento um pouco tortuoso. O erro é seu, não dela. Mas suponhamos que o senhor tivesse causado alguma impressão no seu coração e, a deduzir pelas suas palavras, isso me parece ser o caso, não seria uma surpresa, pois o senhor não é qualquer um. Mas o que ganhou com isso? Um sentimento superficial, passageiro que se dissipará com o primeiro chamado do destino. Se o seu filho ou até mesmo o marido adoecerem amanhã, o que será do senhor então? O que o senhor representa para ela? Um zero à esquerda, não, menos que um zero, um horror, cuja mera contemplação nem sequer suportará. A senhora Wyss, como já lhe disse antes, é uma mulher simples, honesta, correta, que não pensa em outra coisa a não ser no filho e no marido. Tudo o que o senhor pode conseguir dela é expor-se, tornar-se um infeliz e possivelmente também, se este jogo imperdoável continuar, fazer dela motivo de fofoca, pois a senhora Wyss tem amigas. Agora aja como quiser e como bem entender sua consciência. Não me arrogo o direito de prescrever a sua obrigação. Contudo, não compreendo como um homem mentalmente excepcional, consciente e capaz de ter amor próprio suporta viver da bondosa indulgência do marido dela. O senhor gosta deste papel?

– Sim, então ele sabe? – gaguejou.

– Se ele sabe? Que pergunta! Claro que sabe, é evidente que sabe. Certamente ela lhe contou cada palavra, cada lágrima, cada vez que o senhor se ajoelhou aos pés dela. Não era apenas um direito, era também dever. Se não o tivesse feito, a consciência a teria censurado.

Viktor mordeu os lábios e baixou a cabeça. De repente, sem que se desse conta, uma ideia que o perseguia há algum tempo lhe cruzou a mente.

– E a senhora, a senhora mesma, minha prezada amiga, se me permite a pergunta: como a senhora sabe de tudo isso?

– Claro que dela. A senhora Wyss sabe que sou a amiga mais próxima do senhor. Por isso, tinha certeza de que me magoaria ao contar-me a sua humilhação. Não ia renunciar a este prazer, é um costume entre nós mulheres. E conseguiu! Ter que ouvir como o senhor se esqueceu da dignidade, do orgulho; como um homem sério, importante, no qual se quer acreditar, comete indiscrições, se humilha caindo de joelhos como um jovenzinho apaixonado, tudo isso dói. Mais de uma vez quis adverti-lo, mas não tenho vontade de ir à casa de ninguém como um membro do Exército da Salvação. Não quero me meter com quem me evita deliberadamente, com quem não me concede a honra de visitas. Ademais, sempre tive a vaga esperança de que o senhor finalmente cairia em si e recuperaria a autoestima. Hoje, por acaso, eu o encontrei.

– Em suma, a senhora Wyss em pessoa contou-lhe tudo nos mínimos detalhes o que dissemos e fizemos em segredo?

– Em suma: sim.

– E tudo de uma vez? Ou por repetidas vezes? Cada vez sempre com as últimas notícias? A senhora se cala? Então não preciso de mais respostas.

Viktor se sentiu como se afogasse na vergonha, como um rato no urinol. A história do seu amor devoto e desinteressado divulgada pela amada como uma novela diária no jornal local. A cada dia um episódio e "amanhã continua!". Lágrimas arrancavam aquela dor insuportável do coração, uma dor sagrada, enraizada para além do mundo na pátria de todas as almas, submetida a um exame racional, ao sóbrio juízo de quem não tinha nada a ver com aquilo.

Mas a senhora Steinbach, ao vê-lo tão abatido, pensou em utilizar o arrependimento para provocar nele uma espécie de decisão salvadora.

– Afinal, o que o senhor quer? O que deseja? O que espera?

– Espero – respondeu Viktor com hostilidade – saber se a senhora acha que já me humilhou o suficiente ou se prefere me maltratar ainda mais.

Ela o contemplou, confusa. Estava completamente transtornado, olhava-a como um demônio estranho e sombrio.

– Oh, não me olhe assim! – exclamou tristemente a senhora Steinbach. – Não seja injusto! Quero o seu bem, faço isso por pura amizade, como o senhor sabe.

No entanto, os olhos dele giravam, sua boca se contorcia. De repente, levantou-se de um salto, ergueu o braço e gritou com a voz alta e trêmula, como se falasse para longe:

– Se estou vivendo este momento horrível, se me sinto aqui ultrajado, como um colegial castigado, coberto por coisas ridículas, cercado como um amante enganado no final de uma farsa, como um joguete nas mãos de gente pouco piedosa, se sofro tudo isso é porque coloquei meus pés no caminho da grandeza.

Poderia ter tido outras coisas: fama e honra, reconhecimento e riqueza, sorte e amor estavam aos meus pés, eu os vi brilhar, apenas precisava tocá-los. Se o tivesse feito, se tivesse agido como uma criatura miserável, preferindo a planície, hoje eu me regalaria na alegria e na felicidade, seria amado e cortejado. Ninguém me gozaria, nem se atreveria a insultar-me, a repreender-me. Hoje vocês se aproximariam de mim com tímidas reverências. Os homens considerariam minha amizade como uma distinção, e a corja pouco nobre das mulheres me adularia. Gente sem coração! Obtusos e insensíveis como animais! Olhem minha pobre alma inundada de amor sagrado e puro como o mar rebentando! Peço apenas, como recompensa pelo sacrifício da minha juventude e da felicidade de meu amor, uma pequena e insignificante gotinha de amor para o meu coração sedento... Digo amor? Nem sequer amor, peço nada mais do que a permissão para amar e poder sofrer sem ser castigado. E o que me dão em troca? Escárnio e risadas. Venham, humilhem-me, peguem a tina e a jarra e entornem sobre a minha cabeça toda a imundície da vergonha, também saberei suportar isso. Mas eu lhes digo isto: chegará um tempo em que pessoas de outro tipo se aproximarão de mim com a sua própria opinião, pessoas com coração e alma. Elas me lavarão com fama as bochechas sujas e, quando perceberem minhas feridas, dirão: "Não foi um louco, mas um mártir". E o meu pobre e maltratado amor, hoje interpretado como um crime, é menosprezado por uma certa mulher sem coração e denigrido por outra igualmente sem coração. Digo-lhes que uma de vocês, algum dia, quando estiver morto, desejará ardentemente no seu coração ser amada como eu amei e sentirão inveja daquela a quem alguém como eu reverenciou com tal amor.

Logo após berrar o discurso, Viktor voltou a acordar e a ser como antes.

– Perdoe-me – rogou-lhe, sombrio –, não fui eu quem disse isso, apenas o excesso da minha dor o gritou.

Em seguida, andou até o piano para pegar o chapéu.

– Mas ninguém goza do senhor! – a senhora Steinbach lamentou. – Todos pronunciam o seu nome com carinho e respeito. No que concerne em particular à senhora Wyss, esta sente sinceramente pelo senhor uma grande simpatia e está muito desolada em ser a inocente causa de tanta dor inútil e sem sentido para o senhor. Quanto a mim, chamar-me de sem coração, como o senhor pode fazer isso comigo, querido amigo? Não diga sem coração, não me diga isso, não me diga isso! – Sua voz tinha um tom apagado, mas soou como um grito.

Mesmo assim, Viktor parecia ter os sentidos retraídos, os olhos, ausentes. Evitando-a, deu uns passos na direção da porta. Logo, lembrando algo, voltou-se e inclinou-se.

– Estimada senhora – começou a dizer –, ainda me resta expressar-lhe o meu agradecimento. Não encontro as palavras, só posso dizer: nobre e leal amiga, obrigado, muito obrigado por tudo. E lembre-se com indulgência de alguém que foi muito castigado, que provavelmente se enganou em algumas coisas, mas que nunca desejou mal a ninguém.

– O senhor vai viajar? – ela perguntou quase sem voz.

Ele assentiu com a cabeça.

– Amanhã cedo, o mais cedo possível, no primeiro trem.

– Meu Deus! – ela exclamou num grito. – E para onde?

Viktor deu de ombros.

– Acha que sei? Tanto faz.

– Ah, meu querido, meu querido amigo – a sua voz lamentou.

E nesse instante quando Viktor ergueu a sua mão para beijá-la, ela beijou a dele.

Então, a senhora Steinbach escancarou a janela e espreitou a noite. Ao perceber a sombra da sua figura junto do portão do jardim, gritou-lhe em voz alta:

– Acredito no senhor, na sua grandeza e na sua felicidade.

Na manhã seguinte, bem cedo, em meio à úmida neblina do crepúsculo, Viktor dirigiu-se à estação, tal como se decidira, pronto para viajar, embora não totalmente desperto, lembrando-se com admiração de um sonho, cujas cores radiantes florescem até mesmo na mais erma realidade.

Oh, vergonha! Apesar de tudo, voltara a sonhar com Theuda. Somente na praça da estação, o seu espírito adormecido olhou indolentemente ao redor. Neste mesmo dia, cujo alvorecer agora o circundava, nesta mesma tarde, ela o estaria esperando! "Hoje à tarde", como soa velho! Passado, antes mesmo de ter acontecido. De resto, sem nem mesmo sentir nada ao pensar nela, sem absolutamente nenhum tipo de sentimento de despedida, nem comoção nem rancor, quando muito um insípido gosto de asco no paladar, indiferente, como um estranho, assim abandonava a amarga pátria.

Um guichê estava iluminado, deixando entrever o rosto de um funcionário. Então podemos partir imediatamente. Após ter lido a direção sobre o guichê, pediu o nome de alguma cidade distante no exterior.

– Segunda classe? – foi a pergunta.

– Terceira – respondeu Viktor, seguindo uma necessidade imprecisa: seja para proteger-se do encontro com conhecidos (a improbabilidade do encontro a essa hora da manhã não lhe bastava, queria estar completamente seguro), seja como emblema da sua humilhação. A terceira classe estava mais de acordo com a ignominiosa fuga.

Ao entrar no vagão reparou no primeiro banco, quase colado à porta, um homenzinho de aspecto modesto e amável. "Um homem modesto, um bom homem. Este será meu vizinho", disse para si mesmo. Contudo, quando estava prestes a acomodar a sua pequena bagagem, o homenzinho se apressou em repeli-lo:

– Cuidado, cuidado, cavalheiro! Ali em cima estão as minhas pernas.

Sem humor para decifrar piadinhas inúteis, Viktor acomodou de bom grado seus pertences em outro lugar e tomou assento, indiferente, movendo-se mais para o lado para não roçar nos joelhos do homenzinho em frente. Mas este o olhou com astúcia:

– Senhor! Não precisa se preocupar tanto com meus joelhos, eles não sentem nada, se alguém bater neles. – Ao dizer isso, retirou a manta e, vejam só, realmente não tinha pernas! – Foram cortadas no hospital – explicou, sorrindo, quase orgulhoso. Em seguida, começou a contar minuciosamente a história da sua doença. – Ninguém acreditaria o que suportei – era o refrão. Então Viktor se retraiu em si mesmo: "Com certeza, este sofreu muito mais!". – Meu nome é Bürgisser – disse o homenzinho encerrando a narrativa. – Leonhard Bürgisser von Ötlingen, ou Lienert, como se diz na minha terra. Sou marceneiro. – Dito isso, calou-se satisfeito.

O trem começava a arfar a golpes regulares, quando Viktor, o qual não dormira muito durante a noite, cochilou sem perceber. Então, o vizinho deu um tapinha no seu joelho, sobressaltando-o.

– Olhe – sussurrou o homem sem pernas –, olhe aquele enorme buquê de flores que esta elegante e distinta senhorita carrega em pleno inverno, ali na frente da segunda classe! Deve estimar muito aquele para quem comprou as preciosas flores. Olhe, ela passa o lenço nos olhos sem parar. Mas se ele não vier logo, chegará tarde demais. O trem já deveria inclusive ter partido. Psiu! Silêncio! Agora dá meia-volta, vem em nossa direção. Preste atenção. Também carrega lírios, o perfume chega até aqui. Oh, que pena, a pobre senhorita começa a soluçar! Olhe, aqui, na terceira classe, onde ninguém a conhece.

Após ter desprezado com impaciência todo o falatório, Viktor acabou olhando para fora mecanicamente, contra a sua vontade. Uma dama magra e, até onde se podia distinguir no escuro hall, particularmente bonita andava com um buquê de flores, o rosto escondido em um lenço e os ombros contorcidos pelo pranto. Ao vê-la, uma dolorosa comparação cortou o seu coração: "Para mim (ah, não há o menor risco!), para mim ninguém traz um buquê de flores. Oh, não! Antes um monte de cactos, se soubessem da minha partida". Com isso, voltou a cabeça e se afastou da janela imerso em amargos pensamentos.

– Embarcar! – advertiram de repente os gritos dos cobradores.

– Finalmente! – ressoou de dentro do trem a voz sarcástica.

As portas dos vagões se fecharam com estrondo. Por um instante, a paz reinou.

– Prontos!

Ouviu-se um apito estridente. Em seguida, a porta do vagão se abriu com força e, entre frias correntes de ar, um aroma de flores penetrou, mas apenas por um segundo, logo depois a porta foi fechada.

– Oh, não, senhorita – o marceneiro sorriu –, aquele a quem procura não está sentado na terceira classe. Se não descer depressa, o trem a levará consigo. Não ouve os cobradores que pedem que a senhorita desça? Embora estejam em seu pleno direito, pois quando dizem "prontos!", ninguém mais pode impedir a partida, seja elegante ou não.

Outro apito imperioso do maquinista e logo as rodas começaram a girar pesadamente a partir daquele lugar. Aliviado, Viktor suspirou. "Até nunca mais!", prometeu-se enquanto o olhar ia lendo avidamente o movimento libertador das colunas da estação. "Mas pare! Espere! Não é a senhora Steinbach que se apressa em voltar sobre os trilhos para a estação com um buquê de flores na mão? Ao menos parece o seu andar. Se pelo me mostrasse o seu rosto apenas uma vez...!"

– Bilhetes, bilhetes, por favor! – exigia o cobrador, estendendo a mão em direção a Viktor.

Depois de cumprir-se a maçante formalidade, a estação ferroviária ficara para trás, e uma infinidade de ruas corriam à esquerda e à direita do trem. "Bom, Viktor, será que você não vai nos dar nem um aceno de despedida?", as casas gritavam ao passar. "Não", retorquiu, revoltado. "Peço-lhes o favor de não fazerem uma cena final comovedora e hipócrita! Vocês acham que não vejo os sarcásticos macacos saltando nos seus telhados e os gozadores melros rindo nas suas árvores?"

Pouco a pouco, o dia foi clareando, e casas de campo, jardins, fileiras de árvores desaparecendo, uns para trás, outros para o lado. Por fim, o dia claro irrompeu no vagão a partir do campo aberto.

Nesse momento, o seu espírito despertou. Com ele, a lembrança e com esta, o rancor: "Alegrem-se! Vocês venceram. Fujo vencido, coberto de vergonha. E vencido por quem? Pela vulgaridade, pela plebe, pelos corações secos e insensíveis". O rancor foi concentrando-se, formando uma nuvem escura, e a nuvem foi acumulando-se até converter-se em cólera, e a cólera engendrou a maldição.

Então uma voz o atingiu e o fez estremecer: era a Rigorosa Senhora.

"Que coisa secreta é essa que você carrega escondida na bolsa?", perguntou a voz.

"Um escrito que ninguém conhece, a não ser você e eu."

"E de quem este escrito dá testemunho?"

"De você, Rigorosa Senhora."

"E quando você o escreveu?"

"Escrevi a primeira linha naquela noite em que pisei nesta cidade infeliz e a última na noite passada."

"E o que foi que eu lhe disse na noite passada após você ter escrito a última linha?"

"Disse: 'Aceito o seu testemunho, e posto que, apesar da dor, do sofrimento e da loucura, você deu o testemunho fiel de mim, sem erros nem impurezas, eu também quero dar o seu: escute, vou elevá-lo ao cume da vida e colocar a recalcitrante fama humana a seus pés', foi isso o que me disse."

"Sim, foi isso o que falei. E agora você, mal-agradecido, quer desonrar com a sua maldição o lapso sagrado de tempo no qual você conseguiu tudo isso? Preste atenção no que lhe ordeno: afine as cordas da sua alma, cante, alegre-se, bendiga esta cidade com tudo o que ela tem dentro. Cada hora, cada acontecimento, cada dor que sofreu, começando pelos homens que lhe fizeram mal até o cachorro que ladrou para você."

Mesmo triste, obedeceu. Com trabalho e esforço afinou a harpa da sua alma, cantou, alegrou-se com as feridas e, suspirando, o sofrimento bendisse tudo o que ficara para trás, desde os homens que cometeram injustiças com ele até o cachorro que ladrara.

"Muito bem", disse a voz. "Como prêmio pela sua obediência, olhe para cima, olhe ao seu redor."

E Viktor olhou. Lá fora, diante da janela, ao lado do vagão, no mesmo ritmo do trem que se distanciava, Imago cavalgava sobre o corcel branco. Não a Imago falsa e humana, de nome Theuda, a esposa do lugar-tenente, mas a verdadeira, a orgulhosa, a sua. Reestabelecida da sua doença, jovem e com uma linda coroa da vitória no cabelo. "Estava lhe esperando", disse, sorrindo, pela janela.

Surpreso, exclamou: "Imago, minha noiva, qual foi o milagre que a fez se reestabelecer da sua tristeza? E para que festa da vitória você usa esta coroa no cabelo?".

Imago lhe deu uma alegre resposta: "Vi sua firme lealdade nas penas e nas dores, por isso me curei. Vi você surgir imaculado dos redemoinhos da paixão, por isso coloquei a coroa no cabelo de pura alegria".

"E pode perdoar-me também, minha Imago, minha sublime noiva, a mim um homem louco e cego que confundiu uma falsa imagem humana com a sua majestade?"

Ela sorriu. "Suas lágrimas lavaram a sua loucura." Ditas essas palavras, Imago saltou exuberante para a frente dando um grito de júbilo e ultrapassando o trem.

"Julgue agora", a voz invisível lhe suplicou, "será que você vai continuar me chamando de Rigorosa Senhora?"

Tocada, a alma expressou esta oração de agradecimento: "Sagrada Senhora da minha vida, seu nome é 'consolo e misericórdia'. Ai de mim, se não a tivesse. Feliz de mim, porque a tenho".

POSFÁCIO

À IMAGEM E À SEMELHANÇA DO PAI

Érica Schlude Wels
Professora de língua e literatura alemã da Faculdade de Letras
da UFRJ (Universidade Federal do Rio de Janeiro)

„Was ist unserem Herzen die Welt ohne Liebe! Was eine Zauberlaterne ist ohne Licht! Kaum bringst du das Lämpchen hinein, so scheinen dir die buntesten Bilder an deine weiße Wand! Und wenn's nichts wäre als das, als vorübergehende Phantome, so macht's doch immer unser Glück, wenn wir wie frische Jungen davor stehen und uns über die Wundererscheinungen entzücken"[1].

Johann Wolfgang von Goethe. *Werthers Leiden*, 1. Buch (Am 18. Julius 1771)

---

1 | "O que seria de nosso coração num mundo sem amor? O mesmo que uma lanterna mágica sem luz! Mal você coloca a lâmpada lá dentro, aparecem as imagens multicoloridas em sua parede branca! E mesmo que isso não passe de uma ilusão passageira, continuará fazendo nossa felicidade, sempre que estivermos diante dela, como jovens inocentes, encantados com as maravilhosas aparições" (2009, p. 57).

Carl Friedrich Georg Spitteler nasceu na pequena cidade de Liestal, no cantão da Basileia, a 24 de abril de 1845, e morreu em Lucerna, a 29 de dezembro de 1924. Aos quatro anos, mudou-se com a família para Berna, retornando para Liestal onze anos depois. Estudou Direito, por insistência do pai, na Universidade de Zurique, em 1863. Deixou o curso um ano depois e, entre 1865 e 1870, cursou Teologia. Depois de formado, recusou o título de pastor e foi preceptor de crianças, em São Petersburgo, Rússia, até agosto de 1871. De volta à Suíça, foi professor (1881-1885), repórter de jornal (1885-1886) e editor literário (1890-1892). Em 1887, ganhou destaque ao ser indicado por Friedrich Nietzsche, com quem se correspondeu, para ser colaborador da revista *Der Kunstwart*. Em 1883, casou-se com uma ex-aluna, Maria Op den Hoof. A herança deixada pelo pai de sua esposa permitiu que Spitteler vivesse somente de literatura, mudando-se para Lucerna. Como escritor, publicou poesia, contos, romances e ensaios.

Entre os leitores brasileiros, a tradução dos textos de Spitteler permanece inédita, a não ser pelo poema alegórico em prosa *Prometeu e Epimeteu* (1880-1881), lançado sob o pseudônimo de Carl Felix Tandem. A obra foi publicada com recursos do próprio autor, tendo sido recebida com indiferença; isso teria levado o escritor a desistir de viver de literatura e trabalhar como professor, ao mesmo tempo que seguia com sua escrita poética heroica e pessimista. O responsável pela tradução no Brasil, lançada em 1962, é nada mais, nada menos que o poeta Manuel Bandeira, autor de outras traduções de peso da língua alemã, como obras de Goethe, Schiller, Hölderlin e Heine. O alemão surge na trajetória de Bandeira nos bancos escolares do Colégio Pedro II, no Rio de Janeiro, e, curiosamente, a Suíça liga-se ao lado trágico da biografia de Bandeira, isto é, à doença. Por volta de 1913, o poeta teve a oportunidade de aperfeiçoar seu francês e reaprender o alemão, por conta do tratamento contra a tuberculose, que realizara na cidade de Clavadel (SIMÕES, 2010, p. 77).

Como muitos autores de vulto e de obra vasta — laureado com o Prêmio Schiller, em 1918, e um Nobel, em 1919 —, Spitteler não ficou (ou justamente por isso) imune à polêmica. *Prometeu Paciente (Prometeu der Dulder)* foi publicado, em 1924, após uma defesa do próprio autor, de que não usara, em sua obra, temas presentes no *Assim falou Zaratustra*, de Friedrich Nietzsche. Para Otto Maria Carpeaux (1994, p. 195), sua "epopeia em prosa rimada coincide estranhamente com o estilo do contemporâneo 'Zaratustra'".

Já o poema épico-alegórico *Primavera Olímpica* (*Olympischer Frühling*), escrito entre 1900 e 1905, em quatro volumes, deve muito à filosofia de Schopenhauer, "obra única na literatura do século XX" (idem, ibidem). Por esse poema, considerado sua obra-prima, o autor foi, em 1919, laureado com o Prêmio Nobel de Literatura, fato que, para Carpeaux, é fruto de um "equívoco político, uma fama efêmera" (idem, ibidem).

Com a eclosão da Primeira Guerra, Spitteler pronunciou-se, no discurso *Unser Schweizer Standpunkt* (em tradução livre, "nosso ponto de vista suíço"), de 1914, contra o nacionalismo do império alemão. Tal fato causou espanto, já que o autor, até então, não havia se manifestado publicamente sobre questões políticas. Pregou a neutralidade da Suíça, na Primeira Guerra, e convocou à unidade suíços franceses e suíços alemães.

„Wollen wir oder wollen wir nicht ein schweizerischer Staat bleiben, der dem Auslande gegenüber eine politische Einheit darstellt? Wenn nein [...], dann lasse man's meinetwegen laufen, wie es geht und schlottert und lottert"[2].

A respeito da repercussão de seu pronunciamento, suas próprias palavras transparecem o humor e a ironia, marcas presentes no texto leve e alegórico de *Imago*; o autor afirmara que sua fala de quarenta minutos o tornara mais famoso, entre seus compatriotas, do que quarenta anos de literatura.

2 | Queremos ou não continuar a ser um estado suíço, que representa uma unidade política, perante os países estrangeiros? Se não queremos [...], quanto a mim deixarei correr, até tremer e cair. (Todas as traduções são de autoria da prefaciadora, exceto quando indicada a referência.)

Da obra spitteleriana, destacam-se os romances *Imago* (1906), *Die Mädchenfeinde*[3] (1907) e *Meine frühesten Erlebnisse*[4] (1914), todas de cunho autobiográfico. A relação de aspectos biográficos com o enredo de *Imago* é, no mínimo, a mais curiosa: durante uma visita à Suíça, Spitteler demonstrara interesse em propor noivado à prima Ellen Brodbeck. Retornando de sua estadia na Rússia, o escritor encontra, em 1878, Ellen casada com o germanista Ferdinand Vetter, fornecendo-lhe material para o sofrimento amoroso de *Imago*: o enamorado guia-se pela convicção que a mulher amada de fato lhe pertence, mas esta se encontra, momentaneamente, aprisionada na gaiola estável do casamento, e nas mãos de outro, um mero substituto seu.

„DIE PHANTASIE IST DIE SCHÖNSTE TOCHTER DER WAHRHEIT, NUR ETWAS LEBHAFTER ALS DIE MAMA"[5]: O ROMANCE *IMAGO*

A narrativa se inicia com o retorno de Viktor, o protagonista da história, à sua pacata cidade natal. Logo nas primeiras linhas, o leitor compreende o porquê do título curioso do pri-

---

3 | Os inimigos das meninas.

4 | Minhas primeiras vivências.

5 | A fantasia é a filha mais bela da verdade, somente um pouco mais animada do que a mãe. Aforismo atribuído a Spitteler. Disponível em: www.aphorismen.de/suche?f_autor=3532_Carl+Spitteler&seite=2. Acesso em: 2 out. 2015.

meiro capítulo, "O retorno do juiz", já que o herói questiona a paisagem da cidadezinha que vê surgir diante dos seus olhos, provocado por ecos do passado: "Será que antigamente as ruas eram assim tão frias e desertas? Ah, essas nuvens de poeira! E que vento gelado, já no início de setembro!" (p. 5). Saindo do trem duro, impessoal, encontra uma frieza igualmente pétrea e desértica, num tom marcado pelo estranhamento e pela desolação. Contudo, respira aliviado, já anunciando uma das preocupações prinicipais do jovem: "De qualquer forma, Viktor, no meio desta sobriedade de pedra, você está resguardado de uma coisa: das tentações do amor. Ah, nenhum perigo!" (p. 5).

Uma vez instalado na cidade, permanece inadaptável à pequena sociedade, com sua cultura de salão. Ele é um servo da "Rigorosa Senhora", a qual pode ser lida de múltiplas formas: a Poesia, a Arte, tudo que remete à natureza e se opõe à normalidade burguesa. Por isso, pensa, com suspeito desdém e pronunciado recalque, em amigos tranquilamente casados, ocupando posições confortáveis no Estado, "guardas-florestal do cantão, e coisas similares" (p. 56). Ele, aos trinta e quatro anos, sem profissão, nem ocupação fixa, sem nome a zelar, esposa ou filhos, sem méritos, sem obras, nada! Tantos talentos perdidos (o desenho, a música, ou o único, que é não ter talento para nada, como afirma Theuda Wyss), em nome de uma sintomática esperança no futuro, em algo capaz de preencher o vazio da existência presente. A única força capaz de confortá-lo, ainda que precariamente, pois os conflitos se instauram nessa psique dividida, é a existência da fantasia equiparada à realidade, porém, jogando-o cada vez mais longe. "Alma contra a banalidade, espírito contra a inércia, pessoa contra a corja [...]: a magia é a minha arma, e a Rigorosa Senhora, meu poderoso General" (p. 72). É, ainda, um pensador, pois pensa com a emoção e a alma, mas, angustiado, consulta a Razão e a segue.

Mas é justamente o amor, impresso na primeira página, que encontra rosto e forma na senhora Wyss, novo alvo da investida irônica de Viktor, aliás ponto recorrente na construção do caráter da personagem e que garante momentos ácidos e cômicos à narrativa. "Wyss, eu acho, esposa do diretor Wyss. Mas diretor de quê? Existem os diretores de ferrovia, de banco, de companhia de gás, de cimento, de borracha; todos os tipos de diretores possíveis e impossíveis" (p. 6). "Escondida atrás do marido", a senhora Wyss coloca-se à sombra do professor Treugott Wys. O currículo do senhor Wyss — diretor de muitas coisas: do museu, da escola, presidente da biblioteca, membro da comissao do orfanato — é extenso. Tantos epítetos concentram-se na exclamação de Viktor, recheada de ironia: "Ufa, quanta sabedoria! Que monte de dignidade! Estranho, preferiria que fosse um diretor de banco. Mas de fato é um senhor muito erudito" (p. 6).

Os adjetivos intelectuais do senhor Wyss fazem Viktor considerá-lo "insignificante, um pouco torpe, e por que não dizer?, ridículo" (p. 6), fato que estimula a posse da esposa pelo verdadeiro cavalheiro digno de conquistá-la: "Bela dama, a sua intuição não lhe diz que amanhã o seu juiz se aproxima?" (p. 7). Ele se posiciona como legítimo proprietário de Theuda Wyss, atribuindo ao marido o papel de mero representante, apelidado, daí por diante, de "lugar-tenente"[6], ou "Rei de Copas". Para Viktor, dominado pelas forças da fantasia, tal modelo soa um convite ao tédio conjugal, como ele atesta em outro epíteto, o "Doutor Tédio" (p. 18).

Além do obstáculo do marido e da vida conjugal, Viktor precisa enfrentar a sólida estrutura montada por Theuda, como o grêmio recreativo Idealia. Na verdade, a instituição havia sido fundada pelo falecido patriarca, cuja imagem também se interpõe entre Viktor e sua demolição dos valores burgueses. O respeitado Werther Neukomm, pai de Theuda, de sobrenome Neukomm em solteira, aparece-lhe significativamente na forma de um retrato na parede, mas sua presença é sempre evocada pelos habitantes da cidade. A Idealia destina-se a cultivar a elevação espiritual e a música, e realiza "reuniões despre-

6 | "Aquele que provisoriamente desempenha as funções de outrem." Disponível em: <http://michaelis.uol.com.br/moderno/portugues/definicao/lugar-tenente%20_993844.html> . Acesso em: 2 out. 2015.

tenciosas, sem obrigação, nem festividade, sem traje pomposo, nem banquete —, unicamente voltada para o fomento de uma vida social plena de conteúdo [...]" (p. 22).

Ao deparar-se com o real marido de Theuda, cuja aparência não é a de um perfeito "lugar-tenente", Viktor retorna da casa dos Wyss abatido e desanimado; após esse episódio, ganha voz uma interessante dicotomia: o corpo, chamado Konrad, *versus* o coração, batizado de "Kaninchen" ("coelho" ou "coelhinho", em alemão). Essa dicotomia é o que representa o corpo, em sua totalidade, porém, estranhamente cindido, fragmentado. A palavra para "corpo", em alemão, é "Körper", remetendo aos dois "Ks", presentes em "Konrad" e "Kaninchen", o coração-coelho, criatura inocente e pulsante: "'Saúde', seu corpo lhe desejou. — Obrigado, Konrad — replicou amavelmente. Como se dava tão bem com o seu corpo, acostumara-se a chamá-lo de Konrad" (p. 24).

A oposição "Konrad" (corpo) e "Coelho" (coração) foi uma das responsáveis, além da introdução da palavra "Imago", pelo furor causado pelo livro, entre a comunidade psicanalítica; "Konrad" e "Kaninchen", por seu caráter inusitado, marcaram presença na correspondência entre Sigmund Freud e Carl Gustav Jung[7].

7 | Disponível em: <www.linsmayer.ch/autoren/S/SpittelerCarl.html>. Acesso em: 2 out. 2015.

O lar burguês do casal Wyss, com tudo o que ele representa, é continuamente desdenhado por Viktor, desde o primeiro momento que o visita: "Nada mau a casinha. [...] Quem notaria de fora a falsidade que aí se esconde?" (p. 8). Viktor tem por interlocutora uma fiel amiga, a senhora Steinbach, que passa a defender a integridade dos Wyss. A senhora Wyss sintetiza o que a psicologia analítica jungiana denomina "*persona*", em contraste com Viktor, dominado pelo mundo da "psique".

A *persona* é um modo geral de comportamento psíquico do ser humano, através do qual este entra em contato com o mundo exterior, envolvendo-o e funcionando como uma espécie de casca. Nesse esquema, o pensamento — uma das funções da consciência, juntamente com o sentimento, a intuição e a sensação, toma a frente das demais, tornando-se a função principal e as outras, as auxiliares; a intuição e a sensação participam bem menos da *persona*, ao passo que o sentimento quase não contribui para ela. A *persona* "representa propriamente um excerto do eu, precisamente aquele que está voltado ao mundo circundante" (JACOBI, 2013, p. 51). Portanto, liga-se à adaptação e à comodidade, mas não é idêntica à individualidade, pois se refere à relação com os objetos e com o exterior. Assim, precisa funcionar, dando conta de três fatores: o ideal do eu, ou a imagem desejada; a imagem geral que faz o mundo a respeito de um ser humano; as condicionalidades dadas psíquicas e fisicamente, as quais impõem limites à realização do ideal do eu ou do mundo circundante. É necessário, portanto, que a *persona* administre esses três fatores, para se estabelecer na vida social. No ser humano bem-adaptado, a *persona* é um protetor necessário, porém extremamente maleável. Por outro lado, justamente pela comodidade de a natureza de alguém esconder-se facilmente por trás dela, é que a *persona* "enrijece, torna-se mecânica e se transforma numa máscara bem talhada — aquilo que a pessoa é começa a definhar, [...] caminhando rumo a uma asfixia" (idem, p. 53-54).

Enquanto Theuda Wyss encarna a própria definição de "*persona*", ao lado das aparências que a sociedade lhe exige, Viktor sintetiza a profundidade do conceito jungiano de "psique". Por "psique", Jung compreende não somente aquilo identificado como alma, mas a totalidade de processos psíquicos, tanto conscientes, quanto inconscientes. O conceito vai além da linguagem do dia a dia, como "alma", "espírito", "intelecto", compreendendo um complexo funcional delimitado, sinônimo de personalidade interior, ou seja, inconsciente e consciente. Trata-se da "*Einstellung*", isto é, a atitude interior, o caráter com que se volta ao inconsciente. Resumindo, Viktor surge ao leitor como uma personagem extremamente bem construída, pois é irônico, engraçado, genial, inusitado, ao mesmo tempo que louco, miserável e imprevisível. Seu inconsciente participa constantemente da narrativa e o guia, em todos os momentos, sendo, por isso, fonte geradora dos conflitos com a normalidade das relações humanas e sociais.

A fim de ilustrar os conceitos acima, aplicados ao romance, basta lembrar que, ao permitir o ingresso de Viktor em seu lar, quando ele se sente num "casamento a três" e vive dias de idílio amoroso, frequentando a casa dos Wyss diariamente, Theuda abandona parte de sua casca social. Ele a conhece intimamente e essa imagem possui falhas, flutuações de humor e caprichos. Contudo, há um enamoramento, um flerte permitido, restando ao enamorado retirar-se de cena, para que a máscara da burguesa feliz e bem-casada resurja, vitoriosa.

Sendo "psique", para Viktor, o encontro entre ele e Theuda Neukomm é perfeitamente legítimo, uma vez que não se trata de um encontro físico, mas de um encontro de almas. Partindo do lema de que não faz mal a ninguém, a não ser a si mesmo, Viktor busca restituir o momento sublime da "parúsia", o verdadeiro encontro de almas, experimentado entre ele e o objeto amoroso, Theuda Wyss, a quem ele denomina "Imago":

> Contemplei o retrato. Milhares de belas qualidades saltaram a meus olhos: a pureza de uma linda donzela, magnífica pela beleza, virtude e educação, a lembrança das horas

> passadas juntos, embora vazias de acontecimentos, mas cheias de poesia (denomino essas horas de parúsia), o olhar íntimo daqueles olhos plenos de alma que me diziam "em você reside a minha esperança", a promessa de infinitas felicidades para aquele que soubesse conquistá-las (p. 32).

Termo encontrado tanto na Teologia, quanto na Filosofia, a "parúsia" remete ao arrebatamento causado pela visão de Jesus ao vir dos céus, em toda a sua glória. Numa leitura voltada ao sentimento amoroso, pode-se dizer que a visão da mulher amada causa em Viktor o arrebatamento próximo ao divino, ou quando o divino se mistura ao terreno, abrindo uma fenda em meio à realidade e arrebanhando o sujeito. Tal arrebatamento, numa leitura poética, encontra ressonâncias no sentimento kantiano do "sublime", além do "Alumbramento", como descrito pelo poeta Manuel Bandeira[8].

8 | Eu vi os céus! Eu vi os céus!/ Oh, essa angélica brancura/ Sem tristes pejos e sem véus!// Nem uma nuvem de amargura/ Vem a alma desassossegar./ E sinto-a bela... e sinto-a pura...// Eu vi nevar! Eu vi nevar!/ Oh, cristalizações da bruma/ A amortalhar, a cintilar!// Eu vi o mar! Lírios de espuma/ Vinham desabrochar à flor/ Da água que o vento desapruma...// Eu vi a estrela do pastor.../ Vi a licorne alvinitente!/ Vi... vi o rastro do Senhor!...// E vi a Via-Láctea ardente.../ Vi comunhões... capelas... véus.../ Súbito... alucinadamente...// Vi carros triunfais... troféus.../ Pérolas grandes como a lua.../ Eu vi os céus! Eu vi os céus!// — Eu vi-a nua... toda nua! (Manuel Bandeira, *Carnaval*, 1919).

Viktor tem diante de si uma "aparição", que é a alma de Theuda, como surgira na parúsia. Chamada de "Rigorosa Senhora", a imagem propõe um pacto entre a grandeza e a beleza, quer ser um símbolo, tornar-se imortal. Nessas núpcias fantasiosas, Viktor coroa sua noiva com flores e ambos firmam a união com um anel. A Rigorosa Senhora, a "dona" de Viktor, sela o pacto, que é eterno e baseado na felicidade e na doçura.

Imago reinvidica para si um *status* deslocado da aparência real de Theuda, a qual, por conveniência, passa a se chamar "Pseuda". A semelhança dos nomes, na pronúncia e na grafia, a partir da substituição do "Th" pelo "Ps", é suficiente para assegurar o interessante jogo que o romance propõe. A imagem real da mulher Theuda, tida como infiel, pois casou-se com outro homem, desrespeitando a parúsia e renunciando ao amor puro de Viktor, transforma-se, assim, na face feminina oposta, marcada pela maldade e pela falsidade: a Pseuda. O conflito se instala, pois Imago reinvidica novas feições, perturbada pela presença da falsa Pseuda: "Eu disse: 'Imago, minha noiva, você não tem as feições dela, senão que ela carrega falsamente as suas. Sendo asssim, venha do meu lado, abençoado seja o seu semblante'" (p. 46). Nesse feixe de imagens, Viktor não distingue nomes ou a existência concreta de Theuda Wyss, conservando o nome de Pseuda, a quem inconscientemente deseja;

Pseuda lhe é infiel, pois entristeceu Theuda e magoou Imago. Com o avançar da narrativa, Viktor constrói ao redor de si um círculo de inimizades e rejeição entre os frequentadores da Idealia. É a verdadeira Theuda que o faz sofrer, recusando seu amor. Imago recua e Viktor se concentra no embate com Pseuda.

Quando o relacionamento entre Viktor e Theuda beira o insuportável, ele busca em sua Razão a solução para o conflito. Por meio de mais um artifício da sua fantasia, Viktor entende que precisa se aproximar do adorado irmão de Theuda, Kurt, assim como valorizar a cor local, sempre motivo de piadas grosseiras. A Razão estava certa, pois o ódio de Pseuda e dos colegas da Idealia, o qual angariara às custas de seu comportamento niilista, não era do tipo que se converteria em amor. A revelação de que amava a quem na verdade odiava, pois cópia imprecisa da perfeita Imago, Pseuda, leva a uma nova consulta de Viktor à sua própria fantasia, recorrendo ao "Orgulhoso Cavalheiro". Este chega armado e acompanhado de um leão. Após o comando de punir a infiel Pseuda, a dupla de benfeitores retorna, com o leão trazendo na boca o coelho, "Kaninchen"; o "ingênuo coelho" é o responsável por todas as desgraças, uma "criatura simplória e sem cérebro" (p. 139).

Após as advertências do Cavaleiro e a consulta à Razão, Viktor une Theuda e Imago na mesma pessoa, e entende-se com "todos os povos de sua alma". "Oh, bendita redenção: poder amar a quem se deve amar!" (p. 148). O amor de Viktor renasce como uma religião. Theuda apresenta-se envolta em uma luz divina, pois é Imago, "ser transcendente de origem simbólica", a ilustre filha de sua Rigorosa Senhora (p. 149). Nesse novo arranjo, Viktor consulta sua Alma, que solicita ao espectro do pai de Theuda, o estadista Neukomm, que reconheça a sua amizade diante de seus filhos, incluindo o antigo desafeto, Kurt. Essa amizade é o que faltava para que Theuda passe finalmente a chamar-se Imago.

No entanto, o ponto culminante da relação amorosa real com Theuda se dá devido a um deslize com "Konrad". Alvo do desejo, o pobre corpo — "Ah, Konrad, como trata mal o seu Viktor!" (p. 200) —, ajoelha-se diante da dama, beija-lhe a mão, em lágrimas. Ao sofredor Viktor ainda cabe o mundo dos sonhos; nele, recebe sua amada, na melhor definição freudiana de sonho como a tentativa de realização de um desejo.

For fim, enquanto rumina a cólera de um injustiçado, recebe a visita de sua fidelíssima Rigorosa Senhora. É ela que restitui o lugar de honra que a fantasia ocupa na vida de Viktor.

IMAGO E A PSICANÁLISE

Em 1912, Otto Rank[9] e Hanns Sachs[10] fundaram o periódico *Imago*, cujo objetivo era aplicar a Psicanálise às Ciências da Cultura. Originalmente, a revista iria se chamar *Eros e Psiquê*, e pretendia, como anunciado por Freud a Ernest Jones[11], "[ser]de forma alguma médica" (GAY, 1989, p. 291); na verdade, era um tributo à literatura, pois evocava o romance recente *Imago*, "[...] de autoria do poeta suíço Carl Spitteler, que celebrava o poder do inconsciente numa nebulosa história de amor" (idem, ibidem).

Para Sachs, *Imago* não era somente uma obra-prima romanesca, mas teria ido além, enriquecendo de forma imprescindível a Psicanálise, a ponto de não ser possível ter escolhido outro nome para a revista. Segundo Sachs, o romance contribuiria para a elucidação dos processos psíquicos dos psicóticos, os quais oferecem uma imagem distorcida de um processo normal. Através dessa imagem, chegaria-se ao problema cen-

9 | Psicanalista, escritor e professor austríaco, 1884-1939. Foi muito próximo de Freud durante durante anos, mas optou por deixar o círculo de psicanalistas de Viena, indo para Paris, em 1926.

10 | Psicanalista austríaco, jurista, 1881-1947. Um dos primeiros colaboradores do círculo de estudiosos que se reunía ao redor de Freud, para discussões teóricas e clínicas, na chamada "Sociedade das quartas-feiras".

11 | Neuropsiquiatra e psicanalista galês, além de biógrafo oficial de Sigmund Freud, 1879-1958. Aluno de Emil Kraepelin, Ernest Jones introduziu a psicanálise na Grã-Bretanha e foi presidente da Associação Psicanalítica Internacional.

tral da Psicanálise: o complexo de Édipo. O desejo proibido remeteria, em última instância, não ao pai e à mãe da vida atual, mas, sim, à Imago do pai e da mãe, uma imagem da lembrança conservada da parúsia, na fantasia inconsciente[12].

IMAGO EM JUNG

Mas "Imago" não representa, na Psicanálise, somente esta conhecida publicação, sendo um valioso conceito cunhado por Jung e também utilizado por Freud. Jung passa a empregar a expressão, originária do latim, em 1912, a fim de designar uma representação inconsciente que se tem, por exemplo, dos pais (ROUDINESCO; PLON, 1998, p. 371).

Etapa importante do que a psicologia analítica jungiana chama de processo de "individuação" é o encontro com a configuração da "imagem da alma". O inconsciente do homem encontra expressão como uma personalidade interior feminina: a *Anima*; no inconsciente da mulher, esse aspecto é expresso como uma personalidade interna masculina: o *Animus*. A palavra *anima* deriva do latim, "alma", e, segundo Jung, diz respeito às relações do eu com o não eu, isto é, do eu com os outros. Como imagem arquetípica, a "imagem da alma" repre-

12 | Disponível em: <www.hs-augsburg.de/~harsch/germanica/Chronologie/19Jh/Spitteler/spi_sach.html>. Acesso em: 11 set. 2015.

senta tanto a psique sexual-complementar, quanto parte do depósito de toda a experiência humana no sexo oposto:

> [...] Representa, portanto, a imagem do outro sexo, que trazemos em nós como ser individual único, mas também como ser da espécie. "Todo homem traz em si sua Eva", afirma um ditado popular. [...] Em consequência disso vivienciamos nosso próprio fundamento originário do outro sexo no outro. Escolhemos um outro, ligamo-nos a um outro que representa as propriedades da própria alma (JACOBI, op. cit., p. 199-200).

É possível distinguir uma forma de manifestação de *animus* e *anima* interna e externa. A primeira é encontrada em nossos sonhos, fantasias, visões, material do inconsciente, onde dão expressão a todo um conjunto de traços característicos do outro sexo interentes à própria psique; a segunda, quando uma pessoa do outro sexo torna-se sujeito da projeção de apenas uma parcela de nossa psique inconsciente ou de toda parte inconsciente de nossa psique, "[...] e não nos damos conta de que é por assim dizer nosso próprio interior que encontramos a partir de fora" (idem, p. 200).

A imagem anímica é um processo funcional relativamente articulado e não distinguir-se dela leva a manifestações como a do varão dominado por impulsos femininos, guiado por emoções, ou a mulher que sabe de tudo, racional. Nesses casos, vemos o homem intelectual que fica cegamente apaixonado por uma prostituta, ou da mulher que se vê enredada numa aventura ou presa a algum impostor. A multiplicidade de manifestações da imagem da alma é inesgotável. Raramente é unívoca e remete à natureza contrária, pois pode ser tipicamente feminina ou masculina, surgindo como virgem doce, bruxa ou demônio. Essas imagens podem remeter a figuras individuais, conhecidas, a animais e até objetos. A *anima* é formada pela projeção da psique do menino na mãe; o *animus* é formado pela projeção da filha no pai. Posteriormente, com o crescimento, espera-se que os filhos gradualmente retirem essas projeções das figuras parentais, transferindo-as para outras mulheres, no caso do homem, e outros homens, no caso das mulheres.

Quando estas imagens da alma (*anima* no homem e *animus* na mulher) são integradas à consciência do indivíduo, elas realmente tornam-se suas parceiras de desenvolvimento e de crescimento. Para o homem, uma *anima* integrada traz para sua personalidade sensibilidade, intuição, afetividade, paciência, flexibilidade; para a mulher, um *animus* integrado traz direcionamento, racionalidade, assertividade. Usa-se o termo "integrado", pois é a união dos pares de opostos (masculino — feminino) na personalidade, ou seja, a pessoa adquire essas qualidades do seu parceiro invisível sem perder a qualidade da sua própria identidade sexual.

Porém, quando permanecem indiferenciadas e inconscientes, geram quadros clínicos de psicopatologias. Por exemplo: o homem projeta na sua namorada ou esposa sua imagem de *anima*, gerando uma série de conflitos conjugais, pois ele não estará se relacionando com a sua parceira realmente, mas com um aspecto projetado dele próprio. O mesmo pode ocorrer com a mulher. Dessa forma, um parceiro nunca conseguirá corresponder às imagens da alma.

IMAGO EM FREUD

Ao contrário da obra jungiana, os escritos freudianos não fazem menção frequente ao termo "imago". Seu primeiro registro se dá no artigo técnico "A dinâmica da transferência", de 1912, atribuindo-o a Jung. Outra referência importante é encontrada no artigo posterior, "O problema econômico do masoquismo", de 1924. A edição brasileira das obras completas traz essa informação na nota de rodapé do texto de 1924, cujo teor ainda é enriquecido pela referência a Carl Spitteler e seu romance do mesmo nome, além da menção a Hanns Sachs, como fundador, juntamente com Otto Rank, da revista psicanalítica *Imago*.

Vejamos, rapidamente, o diálogo com as teses freudianas, nesses dois textos.

"A dinâmica da transferência" é estruturado pela tentativa de se definir o importante conceito psicanalítico de "transferência", nascido na clínica e considerado uma de suas principais ferramentas. Trata-se, em linhas gerais, dos sentimentos de simpatia, afeição, antipatia ou rejeição, de natureza inconsciente, dirigidos à figura do terapeuta. A origem de tais impressões reside justamente nas imagens parentais:

> Se a imago paterna, para utilizar o termo adequado introduzido por Jung (1911, 164), foi o fator decisivo no caso, o resultado concordará com as relações reais do indivíduo com seu médico. Mas a transferência não se acha presa a este protótipo específico: pode surgir também semelhante à imago materna ou à imago fraterna (1996 [1912], p. 112).

Em "O problema econômico do masoquismo", Freud menciona o complexo de Édipo como "[...] fonte de nosso senso ético individual, de moralidade" (1996 [1924], p. 187). No desenvolvimento da vida, o sujeito se desliga dos pais e desloca a significação destes para o superego[13], num segundo plano.

13 | Superego: *Über-Ich*. Conceito criado por Freud para designar uma das três instâncias da segunda tópica, juntamente com o "eu" e o "isso". Tem suas raízes no "isso" e exerce as funções de juiz e censor em relação ao "eu" (ROUDINESCO; PLON, 1998, p. 744).

"[...] As imagos que deixam para lá atrás estão, pois, vinculadas às influências de professores e autoridades, modelos autoescolhidos e heróis publicamente reconhecidos, cujas figuras não mais precisam ser introjetadas por um ego[14] que se tornou resistente" (idem, ibidem).

NEUROSE E PSICOSE

Além do breve diálogo entre Jung e Freud, elegendo-se como tema a "imago", o romance de Spitteler guarda ressonâncias com outros conceitos caros à Psicanálise, como "neurose" e "psicose".

Seu protagonista, Viktor, é presa do mundo da fantasia; regido pelo "princípio do prazer", deixa-se levar pelas imagens que idealiza, como no seguinte trecho: "Mas, por favor, o que é a loucura? Por que valorizo da mesma forma tanto as experiências internas quanto as externas? Ou melhor, por que as valorizo infinitamente mais? Ou por que me deixo determinar por elas? E a consciência?" (p. 28).

Oriundo da área médica, o termo "neurose" é retomado por Freud a partir de 1893, indicando um conflito psíquico recalcado, de origem infantil. O conceito foi ganhando novos

14 | Ego: *Ich*. Designou, num primeiro momento, a sede da consciência. Retomado por Freud, em 1920, passou a ser uma instância psíquica, no contexto da segunda tópica, tornando-se, em grande parte, inconsciente (ROUDINESCO; PLON, 1998, p. 210).

contornos, a partir do desenvolvimento da Psicanálise, até dar origem a uma estrutura composta por três partes: neurose, psicose e perversão (ROUDINESCO; PLON, op. cit. p. 535). Em linhas gerais, suficientes para uma leitura mais apurada da personagem romanesca presa da fantasia, tanto a neurose quanto a psicose são resultado de duas atitudes provenientes de uma clivagem do eu. Na primeira, o psiquismo leva em conta a realidade; na segunda, há uma perturbação entre o eu e o mundo externo, a qual se traduz na produção de uma realidade delirante e alucinatória. Vejamos um fragmento do monólogo de Viktor: "'[...] o que é isso? Você está ficando louco?'. Com o espírito afiado, provou a sua sanidade. 'Qual a característica da loucura? Que não se vejam fantasmas como imagens da fantasia, mas confundidos com a realidade'" (p. 127-128).

No artigo "A perda da realidade na neurose e na psicose", de 1924, Freud articula os dois conceitos em seus conflitos com a instância da fantasia, o id[15], sendo este monitorado pelo ego.

---

15 | Id: *Es*. Termo introduzido por Groddeck e conceituado por Freud, em 1923, a partir do pronome alemão neutro da terceira pessoa do singular. Integrante da segunda tópica, ao lado do "eu" e do "supereu", é concebido como um conjunto de conteúdos de natureza pulsional e inconsciente (ROUDINESCO; PLON, op. cit. p. 399).

> Em ambos os casos serve ao desejo de poder do id, que não se deixará ditar pela realidade. Tanto a neurose quanto a psicose são, pois, expressão de uma rebelião por parte do id contra o mundo externo, de sua indisposição — ou, caso preferirem, de sua incapacidade — a adaptar-se às exigências da realidade (1996 [1924], p. 208).

Em outro artigo, um ano antes, intitulado simplesmente "Neurose e psicose", publicado após "O ego e o id", também de 1923, Freud estabelece uma diferença "genética", entre os dois aspectos, assim resumidos: "[...] a neurose é o resultado de um conflito entre o ego e o id, ao passo que a psicose é o desfecho análogo de um distúrbio semelhante nas relações entre o ego e o mundo externo" (1996 [1923], p. 169).

"[...] Toda a sua existência segundo a segundo, transformou-se então em uma batalha com a fantasia, na correção do fantasma, no temoroso cuidado de não confundir o espectro com a realidade [...]" (p. 128).

E, nas palavras do narrador: "Viktor não ficou louco, mas delirante" (p. 129).

CARL GUSTAV JUNG E CARL FRIEDRICH GEORG SPITTELER

Além do conceito de "imago", a relação de Jung com Spitteler remonta a "Prometeu e Epimeteu", tendo-o inspirado a escrever o capítulo V da obra *Tipos psicológicos*, de 1921, intitulado "O problema dos tipos na arte poética — Prometeu e Epimeteu, de Carl Spitteler".

Na verdade, como lembram Roudinesco e Plon (1998, p. 372), o tema da mulher a um só tempo inspiradora e destrutiva, também presente no romance *Imago*, "fascinava o meio psicanalítico, e já havia celebrado, em 1903, o famoso romance comentado por Freud, *Gradiva*".

Em *Gradiva*, o inconsciente resiste, em meio às várias imagens da Pompeia soterrada, cidade mantida intacta pela lava e pelas cinzas do Vesúvio. Na obra freudiana, o literário é, portanto, o ponto de partida, uma vez que o mote escolhido é um romance de Wilhelm Jensen, publicado em 1903, além da grande metáfora da Pompeia para o inconsciente que prega peças no protagonista Norbert Hanold, arqueólogo.

Igualmente conhecida, na relação psicanálise-literatura, é a admiração de Freud pelo médico e escritor austríaco Arthur Schnitzler (1862-1931). Vale a pena transcrever a frase do próprio Freud, na qual ele resume a importância desse escritor em seu pensamento:

> Sempre que me deixo absorver profundamente por suas belas criações, parece-me encontrar, sob a superfície poética, as mesmas suposições antecipadas, os interesses e conclusões

> que reconheço como meus próprios. Ficou-me a impressão de que o senhor sabe por intuição — realmente, a partir de uma fina auto-observação — tudo que tenho descoberto em outras pessoas por meio de laborioso trabalho (FREUD, 1922)[16].

Escritor de vasta obra e prosa envolvente, Arthur Schnitzler, em seus romances, desmascara a moral burguesa e conservadora de sua época, trazendo para o centro do palco suas maiores vítimas: as mulheres, principalmente as jovens e belas, "loucas", para o senso comum, sensuais, em busca de um marido e inconscientemente, sabedoras do fracasso do projeto "casamento". Há um quê de bovarismo nas heroínas de Schnitzler, vítimas da mediocridade da própria sociedade.

As relações psicanálise-literatura possuem longa tradição, isso sem mencionar a própria leitura de Sigmund Freud e Carl Gustav Jung, da obra de grandes poetas e pensadores da Germanística, como Goethe e Schiller. É nessa mesma direção que acena a relação entre Jung e Spitteler, ambos suíços de língua alemã e investigadores da psique, seja esta na concepção de "alma", "sopro" do humano, ou na forma de sua melhor tradução, como sinônimo do mundo psíquico.

16 | Disponível em: <http://pt.wikipedia.org/wiki/Arthur_Schnitzler>. Acesso em: 24 ago. 2014.

REFERÊNCIAS

CARPEAUX, Otto Maria. *Literatura alemã.* Posfácio Willi Bolle. 2. ed. São Paulo: Nova Alexandria, 1994.

FREUD, Sigmund. *A dinâmica da transferência*. Rio de Janeiro: Imago, 1996 [1912]. Volume XII.

______. *O problema econômico do masoquismo*. Rio de Janeiro: Imago, 1996 [1924].

______. *Neurose e psicose*. Rio de Janeiro: Imago, 1996 [1923].

______. *A perda da realidade na neurose e na psicose*. Rio de Janeiro: Imago, 1996 [1924].

GAY, Peter. *Freud: uma vida para o nosso tempo*. São Paulo: Companhia das Letras, 1989.

GOÉS, Ludenbergue. *Todos os ganhadores do Prêmio Nobel de Literatura. 1901-2010.* São Paulo: Global Editora, 2012.

GOETHE, J. W. *Os sofrimentos do jovem Werther*. Tradução, notas e posfácio de Erlon José Paschoal. 7. ed. São Paulo: Estação Liberdade, 2009.

JACOBI, Jolande. *A psicologia de C. G. Jung: uma introdução às obras completas*. Com prólogo de C. G. Jung. Tradução de Enio Paulo Giachini. Petrópolis: Vozes, 2013.

ROUDINESCO, Elizabeth; PLON, Michel. *Dicionário de psicanálise*. Rio de Janeiro: Zahar, 1998.

SIMÕES, Alan Caldas. "Manuel Bandeira: o tradutor". *A MARgem — Revista Eletrônica de Ciências Humanas, Letras e Artes.*

Seção Estudos, Uberlândia, ano 3, n. 6, p. 72-84, jul./dez. 2010. Disponível em: <www.mel.ileel.ufu.br/amargem/amargem6/estudos/MARGEM3-E02.pdf>. Acesso em: 10 set. 2015.

ESTE LIVRO FOI IMPRESSO
EM PAPEL POLEN SOFT 80G/M²
NA GRÁFICA VIENA
EM JANEIRO DE 2016